TROIS QUESTIONS CAPITALES

OBÉISSANCE — DROIT DES GENS — REVANCHE

PAR

M. DEFOURNY

Curé de Beaumont-en-Argonne

ALB. LARCHER, RUE BONAPARTE, 57, PARIS.

1872.

A Monsieur le Curé de Cha[...]

Hommage fraternel

Lefour[...]

TROIS QUESTIONS CAPITALES

OBÉISSANCE — DROIT DES GENS — REVANCHE

PAR

M. DEFOURNY

Curé de Beaumont-en-Argonne

ALB. LARCHER, RUE BONAPARTE, 57, PARIS.

1872.

PRÉFACE.

L'ignorance est une des causes principales de nos maux présents, et de ceux qui nous menacent.

Il y en a qui croient que tous nos maux seront guéris lorsque tous les Français sans exception sauront écrire leurs bulletins de vote et lire les gazettes.

Ceux-là sont bien plus ignorants que la minorité qui ne sait pas encore lire elle-même les gazettes et écrire elle-même ses bulletins de vote.

La grande majorité sait écrire ses bulletins de vote, et les accepte tout faits de toutes mains, tout comme la minorité qui ne sait pas les écrire.

La grande majorité sait lire les gazettes, et la minorité sait trop ce qu'il y a dans certaines gazettes.

Quand ce sera l'unanimité, qu'y aura-t-il de changé ? Il y aura un peu plus d'électeurs qui sauront écrire leurs bulletins et lire les gazettes : voilà tout.

Ce n'est donc pas cette science-là qui nous sauvera.

Si un groupe de dix députés honnêtes et courageux connaissaient le remède à nos maux ;

Si dix prédicateurs le prêchaient seulement pendant un carême dans une dizaine de villes ;

Si même une demi-douzaine de journalistes le connaissaient et l'expliquaient pendant six mois tant bien que mal à la masse des gens oisifs qui les lisent du coin de l'œil ;

La face du monde aurait quelque chance de changer.

Car la multitude est plus ignorante que méchante ; et plus trompée que perverse ; et elle ne refuserait ni la lumière, ni la voie.

Alors ceux qui pleurent devant Dieu des larmes de sang sur nos crimes et nos malheurs, ceux qui redoutent et entrevoient les crimes nouveaux et les malheurs à venir de l'Europe et de la chrétienté, essuieraient leurs larmes, entonneraient le chant du départ de Saint Siméon et diraient: Nos yeux ont vu la lumière et le salut des nations.

Ce n'est pas que le Sauveur soit changé, ni la vraie lumière non plus ;

Ce n'est pas qu'il y ait rien de nouveau sous le soleil ;

Non. La parole du sage n'a pas cessé d'être vraie, « le nombre des sots est toujours infini. »

Et il ne faut que deux ou trois habiles pour en conduire la procession perpétuelle.

Mais comme les sots ne sont tels pour la plupart que par ignorance, et ne se laissent conduire aux abîmes que pour la même raison,

S'il se trouvait quelqu'un dans cette misérable troupe pour arracher le masque aux deux ou trois habiles, et montrer à tout le monde leurs vrais visages, la troupe des sots serait sauvée, et elle mettrait elle-même les menottes à ces faux gendarmes.

La difficulté est de se faire entendre de la troupe des sots ; et cette difficulté est beaucoup plus grande aujourd'hui que jamais elle ne le fut. Ses féroces conducteurs ont usé et usent d'une habileté surprenante, et paient la foule d'une monnaie qui n'avait pas cours autrefois autant qu'aujourd'hui.

Ils ont fait accroire aux peuples que leur bonheur, leur dignité, leur gloire étaient dans la liberté de dire toutes les sottises qui leur passeraient par la tête, et même de les faire. Dès lors cette multitude parle toutes sortes de langues; non comme à la Pentecôte, mais comme à Babel.

Plus ils parlent, moins ils s'entendent; et moins ils s'entendent plus ils parlent.

Ce qui est cause qu'ils font beaucoup de bruit, et qu'il leur est difficile de percevoir le son d'une petite voix, et d'y prêter attention.

C'est pourquoi il faudrait dix députés, ou dix prédicateurs, ou une demi-douzaine de journalistes, pour que la face du monde eût quelque chance de changer.

N'étant ni député, ni missionnaire, ni journaliste, celui qui écrit ces lignes fait ce qu'il peut. Il cherche les dix députés, les dix prédicateurs, ou la demi-douzaine de journalistes.

Ce qu'il a reçu par pure grâce, il le communique de même.

C'est par pure grâce, par faveur toute gratuite de la Providence qu'il lui a été donné de savoir ce qu'il sait. Il n'en est point fier, et il serait le plus misérable de tous s'il n'avait d'autre intention que d'ajouter le petit bruit de sa voix à la clameur des grandes eaux, qui sont les voix confuses des peuples.

Il a plu à Dieu de laisser tomber un peu de semence dans son semoir; et il sème. Que Dieu fasse germer la semence, et lui donne l'accroissement !

PREMIÉRE QUESTION CAPITALE.

L'OBÉISSANCE.

Les crimes et les maux publics sont sans nombre et sans fin, parce qu'on a perdu d'abord la vraie notion de l'obéissance.

En effet, c'est un très-petit nombre d'hommes, comme on le verra plus loin, qui mènent l'Europe et la plongent dans la misère publique par les crimes publics. Si la vraie notion de l'obéissance n'était pas perdue, ces quelques hommes ne trouveraient pas tant d'instruments dociles pour réaliser leurs desseins abominables ; et surtout ils rencontreraient de nombreuses résistances, aussi efficaces que légitimes. Alors on pourrait entrevoir le terme des crimes publics et des malheurs publics.

Ce sont les Apôtres qui ont rétabli dans le monde il y a dix-neuf siècles la vraie notion de l'obéissance. Ils n'étaient que douze au début ; et avant leur mort, leur doctrine avait retenti par toute la terre. Aujourd'hui il y a encore des millions de chrétiens et d'honnêtes gens, c'est-à-dire des millions d'hommes de bonne volonté. Qu'ils le veuillent ! et ce sera bien plus tôt fait.

Le mot *Décadence* est un piége. Un homme qui tombe dans la boue s'empresse de se relever. Un peuple peut en faire autant, puisqu'un peuple se compose d'hommes. « Seigneur, dit saint Augustin, vous avez fait l'homme si grand et si libre, qu'il est impossible que les chaînes des habitudes les plus invétérées lui soient rivées pour toujours. Toujours il ne tient qu'à lui de les briser. »

Que les forts commencent, le reste suivra. L'exemple des forts est une sainte contagion. Le sang des martyrs fut la semence de tout un monde de chrétiens.

PREMIÉRE QUESTION CAPITALE.

L'OBÉISSANCE.

Les crimes et les maux publics sont sans nombre et sans fin, parce qu'on a perdu d'abord la vraie notion de l'obéissance.

En effet, c'est un très-petit nombre d'hommes, comme on le verra plus loin, qui mènent l'Europe et la plongent dans la misère publique par les crimes publics. Si la vraie notion de l'obéissance n'était pas perdue, ces quelques hommes ne trouveraient pas tant d'instruments dociles pour réaliser leurs desseins abominables ; et surtout ils rencontreraient de nombreuses résistances, aussi efficaces que légitimes. Alors on pourrait entrevoir le terme des crimes publics et des malheurs publics.

Ce sont les Apôtres qui ont rétabli dans le monde il y a dix-neuf siècles la vraie notion de l'obéissance. Ils n'étaient que douze au début ; et avant leur mort, leur doctrine avait retenti par toute la terre. Aujourd'hui il y a encore des millions de chrétiens et d'honnêtes gens, c'est-à-dire des millions d'hommes de bonne volonté. Qu'ils le veuillent ! et ce sera bien plus tôt fait.

Le mot *Décadence* est un piége. Un homme qui tombe dans la boue s'empresse de se relever. Un peuple peut en faire autant, puisqu'un peuple se compose d'hommes. « Seigneur, dit saint Augustin, vous avez fait l'homme si grand et si libre, qu'il est impossible que les chaînes des habitudes les plus invétérées lui soient rivées pour toujours. Toujours il ne tient qu'à lui de les briser. »

Que les forts commencent, le reste suivra. L'exemple des forts est une sainte contagion. Le sang des martyrs fut la semence de tout un monde de chrétiens.

LES VRAIS PRINCIPES SUR L'OBÉISSANCE.

(Tiré de la Revue Diplomatique).

. . . .
. . . .

Il s'agit de la vraie doctrine en matière d'obéissance, mise incidemment en cause il y a peu de jours, lors du débat sur l'armée entre le colonel Denfert et le général Changarnier.

Mon intention n'est pas de prendre à partie l'un ou l'autre orateur, ni de profiter de la facilité que m'offriraient des paroles improvisées pour en montrer l'accord ou le désaccord avec les vrais principes sur l'obéissance. Je me bornerai à rappeler ceux-ci, en les éclaircissant par quelques exemples.

I.

Tout le monde doit obéissance à la Loi ; à la Loi divine et naturelle, d'abord ; puis à la Loi humaine conforme aux données de la première.

Cette obligation est commune à tous les hommes, à tous les chrétiens, à tous les citoyens, quel que soit le rang qu'ils occupent dans la société.

La violation de la Loi divine ou de la loi humaine conforme, de la part d'un homme quel qu'il soit, n'excuse ni ne justifie la violation de ces mêmes lois par un autre homme quel qu'il soit.

En conséquence, tout homme investi à un degré quelconque d'autorité sur un autre homme, et qui lui donne une prescription contraire à la Loi, n'a pas droit à l'obéissance.

Tels sont les principes proclamés et soutenus par les Apôtres à la première heure du premier combat de l'Eglise Militante, lorsqu'ils refusèrent publiquement l'obéissance aux chefs hiérarchiques et aux magistrats de leur nation, en disant : « Jugez vous-même devant Dieu, si c'est à vous qu'il faut obéir plutôt qu'à Dieu. »

L'application de ces mêmes principes est fort remarquable dans certains faits qui accompagnaient la conversion des païens, soldats ou bourreaux, que le spectacle de l'héroïsme des martyrs transformait subitement en chrétiens. Ces soldats ou ces bourreaux venaient-ils à être éclairés de la connaissance de la Loi divine au moment où ils s'apprêtaient, par ordre de leurs supérieurs, à exécuter les héros chrétiens ? Soudain ils refusaient l'obéissance à la loi humaine contraire, et à leurs chefs hiérarchiques ; et ils se seraient regardés comme des assassins et des meurtriers, s'ils avaient obéi. Ils préféraient se déclarer publiquement chrétiens, sur le champ, et subir les tourments et la mort, plutôt que d'obéir. Parmi cette espèce de convertis, ceux-là seulement exécutaient les sentences contre les chrétiens qui n'étaient éclairés que par la splendeur du sang déjà versé. Mais ceux qui recevaient la lumière auparavant, ceux qu'illuminait intérieurement le reflet de grâce des héroïques visages, ceux-là refusaient l'obéissance à la loi injuste, et à leurs chefs qui l'appliquaient. Jamais il n'est entré dans leur esprit qu'ils devaient ou même qu'ils pouvaient assassiner les martyrs, sauf à aller ensuite demander le baptême d'eau. Toujours ils se croyaient tenus de préférer le baptême de sang.

On connaît la réponse sublime de saint Maurice et de sa légion à l'empereur Maximien qui voulait leur faire prendre part à la guerre injuste contre les Bagaudes : « Nous avons fait serment à Dieu au baptême avant de vous faire serment à vous-même. Si vous ne nous commandez rien qui l'offense, nous vous obéirons comme nous l'avons fait jusqu'à présent. Sinon, nous lui obéirons plutôt qu'à vous. Nous vous offrons nos mains contre quelque ennemi que ce soit. Mais nous tenons à crime de les tremper dans le sang innocent. »

II.

Laissons les temps anciens et la théorie comme la pratique usitée alors, et cherchons quelques faits et éclaircissements dans les législations et les nations modernes.

En Angleterre, il est défendu par la loi humaine, d'accord en cela avec la Loi divine, il est défendu à tout homme portant les armes, officiers ou soldats, d'en faire usage contre la foule ameutée, sans que certaines formalités légales aient été remplies, sans que la loi appelée le *Riot Act*, ait été lue devant la foule. *Un simple soldat* qui ferait feu au mépris de cette prescription, *même par ordre de l'officier qui commande,* serait punissable pour ce fait devant les tribunaux du pays.

C'est ici le lieu de remarquer, Monsieur le Rédacteur, qu'il y a de la discipline dans l'armée anglaise, et aussi, comme nous disons en France, le sentiment et le respect de la hiérarchie; et jusqu'à présent, la nation anglaise n'a pas été vaincue par suite de la ruine de la discipline militaire. Cette discipline est donc parfaitement compatible avec les vrais principes sur l'obéissance.

Nous avons en France des lois analogues au *Riot-Act.* Ainsi, les récits que l'on nous fait des exécutions à Satory et ailleurs, nous montrent invariablement un officier, homme public et connu pour tel, lisant la sentence capitale en présence du peloton, avant l'exécution. Si l'adjudant, donnant le signal, commandait aux soldats de tirer avant que cette formalité soit remplie, les soldats ne devraient pas obéir au commandement.

Nous avons encore *les sommations légales,* prescrites en cas-d'attroupements, et la défense de se servir des armes avant que ces sommations aient été faites. Ces dispositions de la loi humaine, si conformes au droit naturel qui défend de tuer sans avoir régulièrement déclaré la guerre, et sans un jugement régulier, sont plus importantes qu'elles n'en ont l'air ; et ce que je viens d'en dire me rappelle un fait qui trouve naturellement sa place ici.

En 1868, Mgr Delalle, évêque de Rodez, envoya à notre orphelinat deux petites filles dont le père avait eu les jambes brisées par des balles, dans les scènes sanglantes de la grève d'Aubin et du Gua. Ce fut leur pieux curé qui nous amena ces enfants, en hiver, du fond du Rouergue. Il raconta chez moi, en présence de plusieurs témoins, le navrant épisode du Gua.

On avait envoyé de la troupe pour assurer le maintien de l'ordre. Comme un peloton approchait d'une forge *dont les ouvriers travaillaient,* le bruit de l'arrivée des soldats se répandit dans l'atelier; poussés par le premier mouvement de curiosité, ces ouvriers sortirent à l'instant des bâtiments de la forge dans la cour ouverte, pour *venir voir;* plusieurs tenaient à la main leurs pinces avec le fer qu'ils étaient en train de forger. C'était bien la preuve qu'ils n'étaient pas même grévistes. Mais l'officier du peloton, jeune homme sans expérience, perdit la tête en les voyant, et s'imagina qu'ils avaient des intentions hostiles. Sans avis préalable, sans sommations, le malheureux commande à ses soldats de tirer. Les soldats obéirent! Ils étaient à quinze mètres. Trente-deux innocents tombèrent, près de la moitié pour ne se plus relever ; et quarante ou cinquante enfants étaient sans père, ou sans appui sur la terre.

La loi divine et naturelle prescrit de n'exécuter personne sans sentence préalable ; ici, la sentence, c'est la sommation légale suivie du mépris qui l'accueille. On sent combien cette prescription, reconnue, par la loi humaine, est impérieuse. Si l'officier l'a oubliée, il est douloureux de voir que pas un des soldats n'ait songé à la lui rappeler, avant de lui obéir.

III.

Si, des législations civiles et des peuples modernes nous passons à l'Eglise, cette grande législatrice et institutrice de l'Europe, nous n'avons qu'à choisir pour trouver la confirmation des vrais principes sur l'obéissance, et pour les reconnaître tels que les a affirmés et pratiqués l'antiquité chrétienne.

Ainsi, personne n'est plus obligé d'obéir que le religieux qui a fait vœu d'obéissance. Eh bien ! la première règle que tracent les grands Docteurs de la Théologie et du Droit, lorsqu'ils examinent la matière ou l'objet de l'obéissance vouée, la matière ou l'objet par conséquent des ordres donnés par les supérieurs, consiste à établir que ceux-là mêmes qui font le vœu d'obéissance ne doivent pas obéir dès qu'on leur commande une chose défendue par la Loi divine, naturelle ou humaine. Ce point est pour eux d'une évidence telle, qu'ils ne s'y arrêtent pas, et qu'ils ne le traitent pour ainsi dire qu'en le mentionnant. Ils défendent leurs autres thèses contre des objections possibles, ou les appuient par des explications et des raisonnements ; mais celle-ci, ils se contentent de l'énoncer, et il ne leur vient point en pensée qu'il puisse entrer dans l'esprit de personne d'y faire aucune objection. Ils l'établissent en peu de mots et ajoutent : C'est le sentiment universel. — *Communissima.* — Que faut-il penser d'un siècle comme le nôtre, qui a besoin qu'on lui rappelle et qu'on lui prouve ce que nos pères regardaient comme aussi évident qu'indiscutable?

Je trouve dans les plus grands théologiens, copiés par

tous les autres, que le Religieux n'est pas tenu, en vertu de son vœu, dans trois cas hypothétiques qu'ils spécifient, d'obéir au Pape lui-même ; au Pape, supérieur général de tous les chrétiens et supérieur spécial des Religieux. Et dans ces trois cas, l'objet hypothétique de l'ordre du Pape n'est point contraire en lui-même à la loi divine ni à la loi humaine ; il n'y touche qu'à raison de circonstances particulières dont le Pape est le juge et le dispensateur naturel. — Notez que ces mêmes saints, lumières et oracles de la science théologique et de la jurisprudence sacrée, professent en même temps l'infaillibilité doctrinale du Vicaire de Jésus-Christ enseignant l'Eglise universelle. — J'ai nommé, entr'autres, Suarez.

On connaît la manière dont les moralistes catholiques entendent l'*obéissance aveugle*, recommandée par les saints. En voici une définition qui convient parfaitement à l'obéissance militaire :

« L'obéissance aveugle ne discute ni les motifs du supé-
« rieur qui commande, ni la convenance de l'ordre donné.
« Celui qui la pratique est toujours prêt à obéir *dans les*
« *choses qui d'ailleurs ne lui paraissent en aucune ma-*
« *nière illicites.* »

Déclarer les officiers et les soldats irresponsables de leur obéissance toujours et quand même, sans tenir compte de la Loi divine, naturelle, ou de la Loi humaine conforme, et restreindre la responsabilité au seul souverain ou au seul ministre de la guerre, c'est se mettre en opposition formelle avec l'esprit et les dispositions du Droit ecclésiastique. Les saints canons décernent en effet la peine de l'irrégularité encourue pour cause de crime contre tous ceux, officiers ou soldats, qui prennent part à une guerre injuste. Si l'Eglise les punit, ils sont donc coupables, et par conséquent responsables. Coupables de quoi ? — Du crime de meurtre. De quoi responsables ?
— De leur obéissance.

IV.

Aux époques troublées, comme celle où nous vivons, on dirait que la vérité, qui est *in medio,* comme la vertu, soit impossible à saisir, et que les hommes ne se plaisent que dans les extrêmes. Tandis que les uns prêchent la révolution, exaltent la rébellion et la négation de toute

autorité, les autres exagèrent les autorités humaines aux
dépens de l'autorité divine, ou paraissent les égaler et
même les rendre supérieures à celle-ci, en substituant
la volonté humaine à la Loi. Il appartient aux chrétiens,
aux catholiques, de garder le divin milieu ; de dire aux
uns : c'est détruire la société, ou l'armée, que d'autoriser la révolte et la résistance aux ordres légitimes ; et
aux autres : ce serait détruire la conscience et la morale, et par conséquent la société encore, que d'avoir l'air
de soutenir que tout commandement est sacré, ou obli-
gatoire, par cela seul qu'il sort de la bouche d'un homme,
investi dans une mesure quelconque, d'autorité sur les
autres. Ce serait mettre l'homme à la place de Dieu.

Je n'insiste pas sur l'obligation d'obéir à la Loi et à
tout ordre légitime. On n'accuse pas ordinairement les
catholiques de dissimuler cette obligation. Mais que l'E-
glise est admirable dans ses enseignements, et quelles
merveilleuses choses elle met entre les mains des petits !
— Pourquoi les grands les négligent-ils ?

J'ouvre deux formulaires d'examens de conscience,
insérés dans les Livres d'heures, dans ces paroissiens qui
sont partout continuellement aux mains des fidèles, petits
et grands. Dans l'un, il est dit que le chrétien qui s'ap-
proche du Sacrement de pénitence doit s'accuser :

« S'il a *obéi* à ses parents ou à ses supérieurs *dans des
choses contraires à la loi de Dieu.* »

Je lis dans l'autre : (c'est le pénitent qui s'interroge
lui-même) :

« Ai-je eu du mépris pour mes père et mère, et mes
autres supérieurs ? — Leur ai-je désobéi *dans des choses
justes ?* »

Ainsi, voilà l'Eglise, qui, après avoir éveillé la conscience de l'enfant en faisant résonner à ses oreilles l'harmonie des préceptes divins renfermés dans le Décalogue
et contenant la justice, s'en rapporte à lui et lui dit :
Examine dans ton jugement si tes parents ou tes autres
supérieurs t'ont commandé des choses contraires à la Loi
de Dieu, à la justice ; et si, dans ce cas, tu as commis le
péché d'obéissance.

Quant à ceux qui se scandaliseraient, ou qui s'effraie-
raient de ces doctrines et de ces procédés de l'Eglise,
toujours anciens et toujours nouveaux, il n'y a qu'une

chose à faire : c'est de les renvoyer au miroir de la Passion. On y voit les Juifs crier à Pilate qu'il faut être quand même ami de César, c'est-à-dire obéir à des volontés injustes. On y voit Pilate demander à Jésus *qu'est-ce que la vérité ?* c'est-à-dire manquer de la règle supérieure dans ses actions et dans ses fonctions.

Mais l'on y voit aussi Jésus affirmant tranquillement la vérité et la justice. « Je suis venu dans le monde pour rendre témoignage à la vérité. » — « Cherchez avant tout le règne de Dieu, qui est le règne de la Justice. »

DEUXIÈME QUESTION CAPITALE

LE DROIT DES GENS.

La notion du Droit des Gens est si oubliée que l'on n'a plus même l'idée de la chose, et qu'on ne sait même plus ce que le mot veut dire.

Droit des Gens est une manière de parler tirée du latin. *Gens,* en latin, veut dire *Nations*. Droit des Gens signifie donc Droit ou *loi des Nations :* c'est ainsi que l'on s'exprime en anglais.

Il y a donc une Loi, ou, si l'on veut, un code pour régir toutes les nations, comme il y en a pour les particuliers. Du jour où le Droit des Gens n'existe plus, où la notion même en est perdue, il arrive nécessairement que les nations se trouvent les unes vis-à-vis des autres absolument dans la situation d'un pays dans lequel il n'y aurait plus ni code ni tribunaux. Dans ce pays-là, il ne resterait plus que ce qu'on appelle vulgairement la *loi des chiens.*

Tel est l'état présent des nations de l'Europe.

Si vous entendez des hommes vous objecter cette solution banale : qu'il en a toujours été ainsi ; répondez-leur d'abord que cela n'est pas probable, puisque, comme ils le disent eux-mêmes, nous sommes *en décadence*. Puis, apprenez-leur ce que c'est que le *Droit des Gens.* C'est tellement facile à apprendre, et c'est si clair, que tout homme intelligent admettra les principes du Droit des Gens sans hésiter. Puis les hommes intelligents qui ont encore de la conscience, s'apercevant que le Droit des Gens est une vraie loi, une loi supérieure, une loi divine et naturelle, professeront publiquement qu'ils sont dans l'obligation d'obéir à cette loi, et de refuser l'obéissance à quiconque leur commanderait de la violer.

Alors voici ce qui arrivera. Lorsque, par exemple, les dix députés, les dix prédicateurs, ou les six journalistes l'auront proclamée de nouveau dans l'Assemblée, dans les chaires, ou dans la presse, les gouvernements ne pourront plus commander de la violer. Et les deux ou trois habiles qui mènent l'Europe et la plongent dans la misère publique par les crimes publics, seront par là même emmenottés. Et la loi des chiens sera en voie d'être modifiée, et de ne plus dominer seule sur l'Europe et sur le monde.

I.

Catéchisme du Droit des Gens (1)

EN MATIÈRE DE GUERRE.

———

Pendant l'hiver de 1870, je reçus la visite d'un homme intelligent. A propos de la guerre, il me posa les questions suivantes : Qu'est-ce donc que le Droit des Gens ? Et où le trouve-t-on ?

Je lui répondis : Le Droit des nations se trouve dans le Décalogue, comme tous les Droits et tous les devoirs possibles. Le Décalogue regarde les nations comme les particuliers, puisqu'elles se composent de particuliers.

> Dieu en vain tu ne jureras ;
> Faux témoignage ne diras ;
> Homicide point ne seras ;
> Bien d'autrui tu ne prendras ;
> Bien d'autrui ne convoiteras ;

Voilà les principes du Droit des Gens. Quant aux conséquences et aux applications, elles sont développées dans des ouvrages généraux et spéciaux, de théologie, de morale et de jurisprudence. Mais de quelque nom qu'on les appelle, ces livres ne sont que de grands catéchismes ou des commentaires détaillés de ces cinq préceptes, gravés par le Créateur dans le cœur de l'homme, promulgués sur le Sinaï, repromulgués par Notre-Seigneur Jésus-Christ, et toujours enseignés et rappelés par son Vicaire sur la terre.

Je remarquai que le visage de mon interlocuteur, un instant contracté par l'étonnement, s'était immédiatement détendu pour exprimer la joie, la joie que fait naître dans les belles âmes la vue subite de la vérité.

Il comprenait, sans autre explication, qu'il n'est pas plus permis aux rois et aux nations de tuer ou de faire tuer des hommes injustement, de se parjurer en violant des traités, de voler ou de vouloir voler des provinces avec des soldats armés, que cela n'est permis au moindre particulier, à Cartouche, à Mandrin, à Vidocq.

Cette conversation me donna l'idée de résumer, en forme de catéchisme, les principes élémentaires du Droit des Gens en matière de guerre.

(*) Ce travail est extrait du livre : « *L'Armée de Mac-Mahon.* » Il a reçu les suffrages de personnes considérables, parmi lesquelles il suffit de nommer M. LE PLAY. M. LE PLAY nous a écrit qu'il lisait en famille le *Catéchisme du Droit des Gens* à ses hôtes.

***

D. Est-il permis à un chrétien de prendre part à la guerre ?

R. Il est permis de prendre part à une guerre juste ; et c'est une obligation pour ceux que les lois y appellent.

D. Est-il permis à un chrétien de prendre part à une guerre injuste ?

R. Jamais il n'est permis de prendre part à une guerre injuste : et celui qui le fait est coupable d'homicide devant Dieu et devant l'Eglise.

D. Pourquoi dites-vous qu'il est coupable d'homicide devant Dieu ?

R. Parce que le cinquième commandement de Dieu défend de tuer injustement ; que dans une guerre on tue, et que dans une guerre injuste, on tue injustement.

D. L'Eglise considère donc aussi comme des homicides ceux qui prennent part à une guerre injuste ?

R. Oui ; elle les considère comme des homicides et des meurtriers ; et elle prononce contre eux des peines spéciales.

D. Quelles peines l'Eglise a-t-elle portées contre ceux qui prennent part à une guerre injuste ?

R. L'Eglise leur a infligé des peines particulières, selon les temps et les circonstances ; quelquefois elle les a condamnés à un jeûne de plusieurs années. Mais elle a établi dès les premiers siècles une peine infamante qui subsiste toujours.

D. Quelle est cette peine infamante ?

R. C'est l'interdiction et l'incapacité de recevoir ou d'exercer aucune fonction sacrée ; ce qu'on nomme l'*irrégularité pour cause de crime de meurtre*, laquelle peine est encourue sans distinction par tous ceux qui prennent part à une guerre injuste.

D. L'Eglise suppose donc que les fidèles, simples citoyens, officiers ou soldats, pèchent en prenant part à une guerre injuste ?

R. Apparemment, puisqu'elle les punit dans ce cas et les traite de meurtriers.

D. Quels sont les moyens pour les fidèles, simples citoyens, officiers ou soldats, de s'assurer qu'une guerre n'est pas illicite pour eux, et ne les rendra pas homicides ?

R. Ces moyens sont semblables à ceux que doivent prendre et que prennent les exécuteurs des sentences judiciaires ordinaires. Ainsi, de même qu'un huissier ne doit pas mettre à l'encan les meubles d'un citoyen, ni un bourreau donner la mort à un homme, avant de s'être assurés qu'un jugement et une sentence régulière ont été préalablement prononcés, sans appel ou après le rejet de l'appel, de même les soldats ne doivent prendre part à une guerre, qu'autant qu'elle a été précédée d'un jugement et d'une sentence régulière contre la nation qui est en cause.

D. Suffit-il que le jugement et la sentence aient été prononcés?

R. Non. Il faut encore qu'elle ait été solennellement notifiée à la nation mise en cause, et qu'il apparaisse que celle-ci a été mise en demeure de réparer le tort dont elle s'est rendue coupable.

D. Cette condition est-elle rigoureusement nécessaire pour que la guerre devienne licite aux particuliers appelés, à quelque titre que ce soit à y prendre part.

R. Oui, cette condition de la notification, de la mise en demeure, et du refus de réparer le tort, est rigoureusement nécessaire. Et c'est ce qu'on appelle la DÉCLARATION DE GUERRE.

D. La Déclaration de guerre ne consiste donc pas dans un acte par lequel une nation fait savoir à une autre qu'elle va tuer, piller et brûler?

R. Non. Il n'y a que quelques peuplades sauvages et les civilisés modernes qui appellent cela Déclaration de guerre.

D. Pourquoi dites-vous que la Déclaration de guerre, telle que vous la définissez, est rigoureusement nécessaire?

R. Je le dis: 1° parce que cette doctrine est celle de tous les théologiens, et de tous les Jurisconsultes, même païens, comme Cicéron; 2° parce que, selon le langage du Saint-Siége apostolique, « la Guerre étant comme une bête féroce qui dévore tout, » il n'est permis d'y recourir que comme à un moyen extrême et inévitable d'empêcher le mal; 3° parce qu'on lit cette obligation en termes formels dans la Sainte-Écriture, où Dieu fait cette prescription au peuple de l'Ancien Testament: « Lorsque tu seras dans le cas de faire la guerre à un peuple, tu lui offriras préalablement la paix. »

D. Appartient-il aux particuliers d'examiner les considérants du jugement et les motifs de la sentence de Déclaration de Guerre, et de se diriger d'après cet examen ? c'est-à-dire de prendre part à la guerre ou de refuser d'y prendre part, selon que les griefs reprochés à la nation en cause leur paraîtront suffisants ou non pour motiver la guerre?

R. Cela leur appartient de la même manière que dans tous les autres cas où ils reçoivent des ordres de leurs supérieurs. Ils doivent examiner suffisamment les motifs notoires de la sentence, pour s'assurer au moins que la guerre qui leur est commandée n'est pas visiblement injuste ; et s'ils sont dans le doute, ils doivent obéir. C'est la doctrine de saint Augustin, et cet enseignement a été adopté par l'Eglise dans la partie de l'antique droit canon, qui traite de la Guerre et de l'état Militaire.

D. Pourquoi avez-vous dit qu'ils doivent *au moins* s'assurer que la guerre n'est pas visiblement injuste ?

R. Parce que c'est la règle générale, et qu'il est des circonstances où les fidèles sont tenus d'examiner de plus près les motifs mis en avant pour faire la guerre.

D. Quelles sont ces circonstances ?

R. Par exemple, si l'on vit dans un temps où il est notoire que les Gouvernements et les Scribes de toutes sortes font profession de négliger la Loi divine et religieuse, et couvrent les prétentions les plus injustes sous de profanes nouveautés de paroles ; comme, s'ils font profession de substituer à Dieu et à ses commandements les idoles fantastiques de *Progrès,* de *Civilisation moderne,* de *Libéralisme,* et des formules obscures et louches, telles que: *Besoins de l'époque, aspirations nationales, orgueil national, développement des nationalités,* etc.; ou de soutenir que la source de tous les droits, et par conséquent de tous les devoirs, est l'Etat séparé de l'Eglise et de la Religion, et que, par conséquent, les supérieurs peuvent commander tout ce qu'il leur plaît ; — nouveautés condamnées par le Saint-Siége. Dans ces circonstances, les inférieurs doivent examiner de plus près les Déclarations de Guerre, même régulièrement faites, parce qu'il n'y a plus lieu pour eux d'invoquer l'axiome que *dans le doute, le supérieur est présumé avoir raison.*

D. Pourriez-vous citer quelques exemples à l'appui des principaux points de doctrine pratique que vous avez établis ?

R. On pourrait en citer un grand nombre. Je vais en citer deux.

1. Chez les anciens Romains, ce n'étaient ni les Consuls, ni le Sénat, ni le peuple en comices, mais bien un Tribunal spécial, appelé « Collége des Féciaux, » qui examinait et décidait juridiquement les causes de guerre. Un jour, certains Romains notables, députés comme ambassadeurs vers les Gaulois alors en guerre avec Rome, trouvant que les négociations n'aboutissaient pas assez vite à leur gré, les rompirent, et sans nouvelle décision du Collége des Féciaux recommencèrent la guerre. Les Gaulois cessèrent immédiatement les hostilités, et portèrent l'affaire à Rome même. Non-seulement leur réclamation fut accueillie, mais des sacrifices nombreux et extraordinaires furent offerts par les Romains pour expier cette énorme violation du Droit des Gens.

2. Pour les temps chrétiens, voici un exemple qui en vaut mille. Saint Maurice et ses compagnons, martyrs, c'est-à-dire une légion de 6600 hommes, préféra se laisser deux fois décimer et ensuite entièrement massacrer, plutôt que de consentir à prendre part à une guerre *injuste dans ses motifs,*

Ajoutons un trait d'histoire nationale. Nous n'avons que l'embarras du choix. Le suivant suffira pour répondre à ceux qui disent que les nations ont toujours été sous la loi des chiens.

Pendant la minorité de Charles VIII, roi de France, le duc d'Orléans, depuis Louis XII, et certains seigneurs mécontents, s'étaient retirés en Bretagne, à la cour du duc François II, et avaient réussi à l'entraîner dans leur parti. De concert avec eux, et avec Maximilien d'Autriche, intervenant comme beau-père de Charles VIII, le duc fit la guerre au roi, son suzerain ; non sans avoir, pour le dire en passant, envoyé un Mémoire juridique signé de Maximilien, au gouvernement de la régente, selon les formes prescrites par le Droit des Gens. Au fond, c'était une rébellion. Ils perdirent la bataille de Saint-Aubin-du-Cormier, et le duc de Bretagne demanda la paix.

Outre sa qualité de suzerain du duc, le Roi de France prétendait certains droits sur le duché même de Bretagne, du chef de Nicole, qui avait testé en faveur de son père. Aussi, dans le Conseil d'Etat, saisi de la demande de paix des Bretons, les premiers qui opinèrent ne traitaient pas la question au point de vue du droit, mais faisaient plutôt ressortir les avantages qui résulteraient de la continuation de la guerre. Quand vint le tour d'un conseiller nommé Guillaume de Rochefort, il se leva et fit un discours que l'historien Anquetil rapporte ainsi :

« Ceux qui ont parlé avant moi ont montré que la con-
« quête de la Bretagne est facile ; personne n'a examiné
« si elle est juste. C'était cependant par là qu'il fallait
« commencer. Sans doute pour un prince sans religion, il
« suffit qu'un pays voisin soit à sa bienséance, pour qu'il
« se croie autorisé à s'en emparer ; mais un prince chré-
« tien a d'autres règles à suivre dans sa conduite. Il doit
« à l'univers l'exemple de la justice. Le roi, je le sais,
« réclame des droits sur la Bretagne ; mais ces droits
« n'ont pas encore été soumis à l'examen légal. Que l'on
« nomme promptement des commissaires éclairés et in-
« tègres, qu'on leur fournisse les titres respectifs, qu'on
« leur laisse une entière liberté de les discuter. Si après
« un sévère examen les prétentions du roi sont jugées
« injustes, *ou même douteuses*, il n'y a point à délibérer.
« La conquête de la Bretagne fût-elle encore plus facile,
« il faut y renoncer. »

Le Conseil d'Etat se rangea de l'avis de Guillaume de Rochefort.

II.

UN TRIBUNAL

POUR CONNAITRE DES CAS DE GUERRE

ADRESSE

A L'ASSEMBLÉE NATIONALE A VERSAILLES

Cette pétition a été signée par un grand nombre de personnes, de divers départements, notamment par Monseigneur l'Evêque de Nevers, et les principaux membres de son clergé. Un exemplaire en a été déposé le 23 janvier 1872, entre les mains de M. le duc d'Audiffret-Pasquier et de M. le comte Benoist-d'Azy, dans les circonstances que nous dirons plus loin.

Monsieur le Président,

Messieurs les Députés,

Les soussignés, n'ayant en vue que le bien de l'Europe et l'honneur de la France, l'une et l'autre si gravement menacées par une série d'évènements dus à l'oubli et au mépris du Droit des Gens, ont résolu de solliciter de vous un acte qu'ils estiment devoir être très-avantageux à l'Europe et à la France, et honorable pour cette Assemblée.

Dans l'espace des seize dernières années, quatre nations européennes ont pris part à plus de guerres, et ont vu tuer plus d'hommes que l'antique Syrie durant une période de quinze siècles. Ce contraste, en nous humiliant salutairement, et en dissipant les fumées de la vanité moderne, est bien fait pour rappeler au monde chrétien cette parole de son code religieux : « Au jour du Jugement, les Gentils se lèveront et témoigneront contre vous. »

Les soussignés viennent demander à votre conscience, éclairée par l'épreuve, une Déclaration en faveur du Droit des Gens, et à votre Autorité, présentement souveraine, une Institution propre à le rétablir en Europe et à en garantir l'exercice en France.

Il importe à la France et à l'Europe de prévenir le retour de tant de malheurs, et, nous le disons hautement, de tant de crimes. Car il est indubitable que les Gouvernements qui en ont été les auteurs injustes, et les peuples qui les ont suivis dans ces voies sanglantes, ont encouru, de part ou d'autre, la responsabilité morale de ces torrents de sang versé, de la ruine de tant de familles, et de nations entières.

Quelle main criminelle s'est dérobée depuis longtemps sous les voiles secrets de la Diplomatie, et, à la faveur du bruit de nos stériles discussions et de nos vaines opinions discordantes, a poussé la plupart des nations européennes sur une pente qui menace de les entraîner dans l'abîme, à la suite de la France meurtrie par l'étranger, et paraissant, — ce qu'à Dieu ne plaise ! — vouloir s'achever de ses propres mains ? — Quelle est la part de responsabilité afférente à chacun, gouvernements ou peuples, dupes ou complices, dans ces crimes et ces malheurs ? — Nous ne venons pas à vous, Messieurs, pour vous provoquer à ouvrir cette enquête, et à procéder juridiquement contre les coupables. Si tel avait été notre but, ce n'est pas à la France, si durement éprouvée, ni à la France seule, mais à toutes les Assemblées et à toutes les juridictions européennes que nous aurions dû nous adresser.

La fin que nous nous proposons est autre ; et c'est dans la nation française, et dans l'Assemblée née de ses douleurs, que nous avons placé notre confiance. Malgré, et à cause de ses fautes et de ses malheurs, la nation française a conservé des instincts de générosité. Elle est la seule en Europe, qui, dans ces derniers temps, n'ait pas exigé des peuples vaincus, avec ou sans accroissement de territoire à son profit, des indemnités de guerre, encore moins une rançon. Or une nation naturellement généreuse et instruite par les revers, est capable, si elle le veut, de redonner au monde l'exemple de la justice, et peut ainsi être appelée à replacer l'Europe dans la seule voie qui puisse la sauver.

Les causes prochaines des crimes et des maux qui

affligent les nations et les font trembler pour l'avenir sont au nombre de trois.

1° La première est l'oubli de la Justice naturelle et de la Loi divine, qui doit présider à toutes les relations entre les peuples comme entre les particuliers, dominer les législations diverses, lesquelles, dans leur variété, ne doivent jamais s'y soustraire, mais toujours s'y conformer. C'est à l'obscurcissement dans les esprits de cette notion fondamentale du Droit des Gens qu'il faut attribuer la facilité avec laquelle les nations se laissent entraîner à verser mutuellement leur sang, sous les prétextes les plus frivoles et les plus imaginaires, et pour des énoncés de causes qui ne motiveraient pas, s'il s'agissait de particuliers, la moindre pénalité devant un simple tribunal de police correctionnelle.

Ces ténèbres intellectuelles, répandues sur les notions les plus élémentaires du Droit et de la Justice naturelle, sont si épaisses, que les Nemrods modernes en viennent à motiver leur chasse aux hommes sur la nécessité d'accomplir des *évolutions historiques* ou amenées par le *besoin des temps,* ou d'y obéir ; et que de telles sentences ne provoquent ni étonnement, ni sourire, ni pitié. Comme si le *temps*, cette chose précieuse, mais à coup sûr inanimée, pouvait exercer quelque contrainte morale sur les hommes ; ou comme si c'était l'histoire qui fait les hommes, et non pas certains hommes qui font, sous leur responsabilité morale, certaines œuvres, c'est-à-dire la matière de l'histoire, que d'autres hommes écrivent ensuite. En attendant, la déclamation de ces non-sens dispense de toute moralité dans la vie des nations et couvre le jeu des passions cupides et cruelles.

2° A cet obscurcissement des notions les plus essentielles du Droit des Gens, en matière de guerre, savoir la nécessité d'une juste cause, suffisamment impérieuse pour motiver l'effusion du sang de millions d'hommes et la ruine de provinces entières, est venue s'ajouter une pratique non moins funeste. Cet agissement, inconnu dans les temps passés, consiste à éliminer les formes vénérables, requises par le Droit des Gens, préalablement à toute guerre, même aux guerres les plus justes. Ces formes juridiques n'ont jamais différé, chez les peuples qui avaient quelque respect de la justice, des formalités préalables à l'exécution des sentences judiciaires en matière de droit privé. — Il est à présumer que, malgré l'obscurcissement de la Loi naturelle dans les esprits, il reste encore assez de bon sens aux peuples européens pour les empêcher de se laisser entraîner à prendre part à des guerres dont les motifs juridiques solennellement publics seraient notoirement faux ou puérils ; ou, ce qui revient au même, pour empêcher leurs gouvernements de proposer de semblables guerres.

L'abandon de ces formes vénérables est d'une telle conséquence, qu'on lit dans une dépêche secrète, écrite il y a quarante ans, ce vœu sinistre d'un diplomate russe : « En cas de guerre de l'étranger (de la France) avec l'Allemagne, il serait à souhaiter qu'on pût complètement se dispenser des formes juridiques, » afin d'entraîner l'Allemagne tout entière dans la guerre (1).

3° Enfin, la troisième cause des crimes et des malheurs de l'Europe moderne, est complexe. C'est d'une part le secret diplomatique dans les relations entre les peuples, de l'autre le triple pouvoir de juger les motifs de guerre, de dénoncer les hostilités, et de les exécuter, laissé à un seul homme, ou à un seul cabinet, souvent irresponsable en droit, toujours irresponsable de fait. En effet, il est inouï que de nos jours, même dans les pays où les hommes d'Etat sont pompeusement déclarés responsables, on ait, non pas judiciairement puni, mais seulement mis en cause un ministre ou un diplomate pour fait de guerre injuste. Le châtiment, quand il est venu, a été prononcé non par des tribunaux réguliers, mais par l'insuccès.

C'est ce vice radical, cette lacune monstrueuse, avec l'assurance de l'impunité, qui seule a pu autoriser ce langage aussi cynique que sauvage, que l'on prête à un ministre parlant à son Maître : « Vous ne pouvez vivre en paix chez vous ? faites diversion ; menez vos fils turbulents tuer les enfants et brûler la maison de vos voisins ; » et ces autres paroles non moins authentiques, non moins empreintes de l'ambition la plus sauvage, et du mépris le plus éhonté du Droit, de la Justice, et du sang des peuples : elles sont d'un diplomate à un autre :

« Je veux la guerre avec vous, parce que je veux que mon Roi soit Empereur. Je lui ferai sauter le fossé. »

Le fossé a été sauté, et c'est ce qu'on appelle une *évolution historique.*

-----

(1) En 1815, l'Empereur Alexandre avait déjà dit au représentant de la France à Vienne : « Point de votre Droit des Gens pour moi. »

Jamais, à aucune autre époque, le triple pouvoir dont nous parlons, décuplé encore par le secret diplomatique, n'a été laissé aussi entièrement et discrétionnairement aux mains d'un seul homme, ou d'un seul *cabinet*, qui, outre qu'il compte sur l'impunité, ne communique que ce qu'il lui plaît en matière de relations avec les peuples étrangers, et ne dit que ce qu'il veut dire à la nation ou aux représentants de la nation, pourtant moralement responsable et solidairement avec son gouvernement, par l'argent qu'elle contribue, et le sang qu'elle répand ou fait répandre.

Le secret appliqué à la préparation ou à la machination d'une chose aussi grave et aussi publique que la guerre ! Jugez-en, Messieurs, par cette confession de M. de Rémusat, racontant la crise de 1840. « Nous étions douze autour de la table du Conseil. Pas un de nous ne savait au juste de quoi il s'agissait. Le Roi sanglotait. »

A ces trois sources de crimes et de malheurs, quelle digue opposer ?

Il n'entre pas dans les pratiques ordinaires, ni même dans les attributions directes des Assemblées civiles, d'enseigner la Justice, la loi naturelle et divine, ni de promulguer des traités de religion ou de jurisprudence sur les formes juridiques, requises pour avoir le droit de procéder par le fer et le feu contre des nations coupables. Aussi n'est-ce pas là, Messieurs, le but de notre respectueuse démarche ; et d'ailleurs cela n'est pas nécessaire, surtout en France. Il est à regretter, sans doute, que le Concile du Vatican, dont le Pontife qui seul en avait conçu le grand dessein a dit en l'annonçant : « Il était devenu nécessaire d'empêcher la Société humaine de tomber en ruines ; » il est à regretter que cette haute Assemblée ait été interrompue au moment même où elle allait, avec l'autorité qui appartient à l'Eglise, proclamer de nouveau les éternels principes du Droit des Gens en face du monde chrétien ; — ce fait est aujourd'hui notoire.

Toutefois, dans un pays comme la France, où la religion catholique est dominante, il suffirait que les évêques et les prêtres pussent librement répandre et répandissent, en effet, cet enseignement ; ce qu'ils sont à même de faire avec toute la clarté et l'efficacité désirables, puisque, de l'aveu même des autres dénominations chrétiennes et de tous les jurisconsultes autorisés; les principes et les déductions du Droit des Gens ne sont nulle part ni mieux ni plus complètement formulés que dans l'antique recueil intitulé : *Le Corps du Droit canonique, ou Pontifical.*

Mais ce qui est certainement dans les attributions d'une Assemblée nationale légistative, surtout d'une Assemblée telle que la vôtre, élue précisément pour remédier aux maux de la plus funeste guerre, dans laquelle la France a été précipitée et est tombée comme dans un piége, c'est d'affirmer le Droit des Gens, et de l'appliquer. C'est, dans l'espèce, de rendre un décret constitutionnel et fondamental, portant institution d'un haut Tribunal, composé des hommes les plus élevés en fonctions et les plus indépendants par position, avec l'adjonction des personnages les plus doctes en droit sacré et civil, et recevant pour attributions vénérables, d'examiner, le cas échéant, les causes juridiques de guerre, et de formuler publiquement son jugement, avant toute hostilité.

Ce ne serait pas, Messieurs, une chose nouvelle, ni inconnue dans l'histoire des peuples. Un tel tribunal exista chez les premiers Romains durant plusieurs siècles, sous le nom de Collége des Féciaux, et il fit la grandeur de la Rome des Fabricius, au temps où cette grandeur était pure.

Une institution analogue exista et fonctionna dans l'Europe chrétienne durant plusieurs siècles ; et si elle n'empêcha pas toutes les guerres injustes, à cette époque où le monde européen avait à se débrouiller du chaos où l'avaient jeté les invasions des barbares nos pères, elle en diminua le nombre, et les arrêta fréquemment. Mais ce qu'elle fit toujours, ce fut de tenir le drapeau de la Justice à une telle hauteur, que l'on vit des souverains, après cent ans de possession paisible, commencée ou recouvrée à la suite d'un traité, venir demander à une Assemblée pacifique la sanction à nouveau d'un accroissement de territoire. Et cela, dans ces temps singuliers où le passage d'un pays sous une autre suzeraineté n'emportait ni l'abolition de sa législation, ni le bouleversement de ses antiques coutumes, ni le changement de ses tribunaux ni de ses juridictions d'appel, fussent-elles en pays étranger, ni enfin l'altération de l'assiette traditionnelle des impôts !

Le Tribunal sacré du Droit des Gens dans l'Europe chrétienne avait entièrement cessé, sinon d'exister, du moins de fonctionner au temps de Louis XIV, le premier Roi moderne qui prétendit ériger en dogme national son exemption de tout contrôle et de toute responsabilité sur la terre. Par suite de cette Loi des choses, qui veut que les plus grands hommes soient courts par quelque côté, le grand Bossuet ne songea pas à regretter le Tribunal des Nations chrétiennes, et il aida même Louis XIV à élever le mur de séparation entre la Justice et la responsabilité d'une part, et le Pouvoir de l'autre. Mais l'aigle s'était vengé par avance de la faiblesse de l'homme, et le génie de Bossuet avait éclaté d'admiration, en voyant passer, sous ses yeux, dans la procession de l'histoire universelle, le Collége des Féciaux de la Rome antique. Et il en avait ainsi parlé devant son royal écolier, comme il continue d'en parler, Messieurs, à vos enfants dans tous vos colléges :

« Qu'y a-t-il de plus beau, de plus saint, que le Collége des Féciaux ? Ce Conseil était établi pour juger si une guerre était juste. Avant que le Sénat la proposât, ou que le peuple la résolût, cet examen d'équité précédait toujours. Quand la justice de la guerre était reconnue, le Sénat prenait des mesures pour l'entreprendre ; mais on croyait devoir avant toutes choses redemander, dans les formes (juridiques), à l'usurpateur, les choses injustement ravies : et l'on n'en venait aux extrémités qu'après avoir épuisé les voies de la douceur.

« Sainte Institution s'il en fut jamais et qui fait honte aux chrétiens... »

Messieurs, l'Europe est menacée d'un nouveau chaos plus à craindre que celui du Moyen-âge. Le premier était le chaos du commencement, le second serait le chaos de la fin. Au temps du premier, les passions étaient fières, mais elles courbaient la tête souvent, et se troublaient toujours quand le Juge suprême leur apportait, comme un glaive redouté, la parole de Justice. Aujourd'hui, les passions ne sont pas moindres, mais elles ne savent plus ni trembler ni rougir, et elles se drapent orgueilleusement dans le manteau du Progrès et de la Perfection de l'histoire.

Nous ne vous demandons pas, Messieurs, de procurer de nouveau le fonctionnement du Tribunal suprême de la Chrétienté, aujourd'hui divisée. Nous vous demandons ce qui est en votre pouvoir. Au reste, cette institution vénérable nous a laissé un beau legs, je veux dire la Doctrine pure et complète du Droit des Gens et de la Guerre, garantie encore par les suffrages unanimes des jurisconsultes. Il ne s'agit que d'en faire l'application. Pour cela, vous trouverez dans votre pays des hommes indépendants d'ailleurs, que ce flambeau affermira dans la rectitude de l'esprit ; et la seule investiture de cette fonction redoutable de dispenser le sang humain, le repos et les richesses des peuples et des familles, les confirmera, comme les anciens Romains, dans la droiture du cœur.

Vous donnerez ainsi un noble et salutaire exemple à l'Europe, menacée cemme vous, qui se rassurera et vous suivra.

Et ce faisant, permettez-nous de finir par cette antique formule, si vraie ici : Et ce faisant, vous ferez Justice.

Nous avons l'honneur, etc.

III.

CONVERSATION A VERSAILLES

SUR LE DROIT DES GENS ET LES QUESTIONS OUVRIÈRES.

La doctrine du Droit des Gens, exposée dans la pétition qui précède, ne nous est pas personnelle. Il existe en Angleterre des *Associations d'ouvriers* qui la professent et cherchent à la propager. Il existe, dans ce pays comme dans le nôtre, des hommes recommandables par l'éducation, le rang qu'ils occupent, et surtout par l'amour de la justice et la connaissance de la situation de l'Europe, lesquels, s'élevant au-dessus des misérables querelles et prétentions des partis, consacrent leur vie à propager ces doctrines et à faire connaître, dans l'unique but d'y porter remède, les crimes secrets et les connivences non moins funestes de la Diplomatie contemporaine.

En même temps que cette pétition était présentée à l'Assemblée nationale, à Versailles, deux Adresses analogues, conçues dans le même esprit et rédigées dans le même sens, étaient déposées : la première, signée d'hommes des plus honorables, parmi lesquels il suffit de citer lord Denbigh, le comte de Bodenham, M. Urquhart, M. Monteith; la seconde, revêtue des signatures de Sociétés d'ouvriers anglais, dont les délégués venaient personnellement la présenter à Versailles. Parmi ces délégués se trouvaient un ouvrier mécanicien, raccommodeur de machines, un employé d'imprimerie et un gâcheur de plâtre.

Voici en quels termes la Revue Diplomatique rend compte de la conversation échangée entre la députation des ouvriers anglais et les deux commissions de l'Assemblée nationale réunies dans la salle dite des *Marchés*.

LA DÉPUTATION A VERSAILLES.

La députation des « Associations pour les affaires étrangères » a été reçue le 23 février 1872, par deux des commissions de l'Assemblée nationale, l'une des pétitions, l'autre des questions ayant rapport à la classe ouvrière.

M. le duc Pasquier, président de la commission sur la classe ouvrière, présida; M. le comte d'Harcourt et M. Benoist-d'Azy,

président de l'autre commission, ont pris place aux côtés du duc
pour servir d'interprètes.

La réception a eu lieu dans une salle magnifique. Les membres
des commissions se sont assis d'un côté de la table, et les membres
de la députation avec les messieurs anglais qui l'accompagnaient ont
été invités à s'asseoir de l'autre. Ils ont été présentés par M. LE PLAY,
M. d'HARCOURT, et M. l'Abbé DEFOURNY.

Rien ne peut surpasser la dignité et la courtoisie de cette réception.

La séance a été ouverte par M. le duc qui exprimait en son nom
et en celui de ses collègues la satisfaction et l'intérêt particuliers
qu'ils ressentaient en recevant des ouvriers anglais, désirant mani-
fester leur respect pour la France, et exprimer leurs vues quant à
la meilleure manière dont ses intérêts les plus chers devaient être
sauvegardés. Il a observé que lui et ses collègues étaient très-spé-
cialement intéressés dans tout ce qui regarde la classe ouvrière.
Puis il a invité la députation à procéder.

Alors le député pour Newcastle a montré, d'une manière concise,
que la source du désordre qui règne actuellement et dans les évènements et dans les esprits, est l'extinction de la conscience dans le
cœur de l'homme. Son discours grave et solennel a frappé et sur-
pris, mais il n'a pas fourni de démonstration.

Invité à expliquer comment lui et ceux avec qui il coopérait
étaient arrivés à des causes générales, négligeant ainsi des considérations n'affectant que leur classe particulière, considérations qui
seules avaient mu les autres ouvriers par toute l'Europe, il a répliqué : qu'ils avaient vu que les causes dont souffrait leur classe affli-
geaient également toutes les autres classes, que ces causes devaient
être cherchées dans les guerres, qui étaient des crimes, dans des
dépenses qui étaient ruineuses, et dans des mesures qui étaient
fatales ; ils avaient procédé à l'examen des sources de ces maux,
afin que, en les comprenant et en les faisant comprendre à autrui,
ils puissent arrêter ces maux mêmes, dont tous souffraient également ; et que, en ce qui regarde la France, ils avaient établi la
suite des causes et des effets qui avaient amené ses malheurs ac-
tuels. C'est ainsi, a-t-il continué, qu'ils avaient été conduits à l'étude
de documents diplomatiques, et que, par les connaissances ainsi
acquises, ils étaient arrivés avec une certitude absolue à la conclusion que la politique spéculative avait éteint ce remède contre tous
les maux publics, qui nous est fourni par la loi. Il a résumé ses
observations en disant que la vraie réforme nécessaire à l'Europe
était l'application du Décalogue aux nations.

Le député de Preston, s'adressant à M. BENOIST-D'AZY, a dit alors :
« Que faites-vous en France, si quelqu'un vole un franc ? » M.
BENOIST-D'AZY a répondu : « Nous avons recours à la loi, et nous
punissons le criminel. » Le député reprit : « Ayant ce respect pour
la loi dans des affaires aussi minimes, n'avez-vous donc pas de
loi qui s'appliquerait aux matières les plus graves, aux crimes les
plus sérieux, où il s'agit non-seulement de la propriété de millions
d'individus, mais où le sang de centaines de millions d'hommes
peut se verser injustement, et où vous-mêmes, pouvez encore devenir les victimes, comme vous avez éé récemment, de cette impunité du crime, auquel vous avez permis une libre carrière ? »

*Puis, d'un ton et d'une manière, qui exprimaient bien la force
de ses sentiments, il a parlé de la violation des lois de* DIEU *par la*

*France dans les évènements même qui ont amené sa propre afflic-
tion*. L'objet de la députation présente était donc de faire un appel
à la France pour établir et restaurer en elle-même, et comme nation, un ordre de choses, semblable à celui qui existe dans tout
village pour la répression du crime, quand il est commis par des
individus.

Le président, ainsi que M. BENOIST-D'AZY, s'est interposé alors
en disant que, quelque justes que fussent ces vues (et ils étaient loin
d'en contester la justesse), elles étaient étrangères au sujet qui for-
mait le but de cette conférence ; que les membres des deux commissions présents étaient prêts à entendre, et désireux de savoir
quels étaient les griefs dont les ouvriers anglais, comme classe,
avaient à se plaindre ; et quelles étaient les propositions d'une nature spécifique qu'ils avaient à faire relatives à l'avancement de
leurs propres intérêts matériels, quant au salaire, aux heures de
travail, aux caisses d'épargnes, etc.

« Le député de Keighley (Yorkshire) a répliqué en faisant une
série de questions. Est-ce que le poids de la conscription, a-t-il
demandé, ne tombe pas en France sur la classe ouvrière ? Est-ce
que les convulsions du commerce n'affectent pas la classe ouvrière
en la privant du travail ? Est-ce que la destruction de vie et de
propriété dans un conflit public ne pèse pas sur la classe ouvrière ?
Est-ce que l'accumulation de la dette publique, résultant des inci-
dents d'une semblable nature, n'affecte pas, par l'impôt, la classe
ouvrière ? Est-ce que l'existence de factions et de conjurations, la
création des moyens nécessaires pour leur répression, et l'opposition
permanente, qui en résulte, d'une classe à une autre, n'affectent
pas la classe ouvrière ? Est-ce que toutes ces choses, qui sont les
effets secondaires d'une guerre illégitime, n'affectent pas profondé-
ment la classe ouvrière, sous tous les rapports, moral, matériel et
politique ? Et puisque, à toutes ces questions, il n'y avait qu'une
seule réponse, réponse affirmative, quel bien, a-t-il demandé, pour-
rait-il résulter d'une augmentation fictive de salaires ou d'une dimi-
nution des heures du travail ? La classe ouvrière, a-t-il ajouté,
souffre des maux qui affligent la communauté ; mais ces maux ré-
sultent du manque de respect pour la loi, et nous n'y voyons point
de remède que la restauration de la loi. La loi peut être restaurée
pourvu qu'elle soit comprise ; mais tout autre expédient, plus il sera
examiné, moins il sera trouvé possible et praticable. »

Alors, une heure et demie étant passée dans cette réception, la
députation s'est levée pour se retirer, et les adresses ont été remises
aux mains de M. le duc Pasquier, qui s'est chargé de les présenter
à l'Assemblée, exprimant en termes chaleureux la satisfaction que
ressentaient lui et ses collègues de cette entrevue.

La réunion formelle étant dissoute, la conversation a été continuée
par des groupes ça et là dans la salle. Au moment du départ des
députés, M. le duc PASQUIER s'est avancé pour dire adieu, en offrant
une poignée de mains au député de Yorkshire qui se trouvait le plus
près de lui. Alors celui-ci lui a fait une révérence, et, après un moment d'embarras, a demandé à un des messieurs présents d'expliquer au duc, que si lui et ceux qui partageaient ses sentiments,
étaient opposés au monde par leurs opinions, ils l'étaient également
par leurs manières ; que de donner la main, en guise de salut, serait,
de leur part, un acte de familiarité malséante ; qu'ils étaient convaincus que la coutume moderne de substituer cette forme à une

salutation respectueuse, avait été propagée originairement en Angleterre par les élections; qu'elle était généralement un acte d'insincérité, toujours un acte de familiarité, que la familiarité mène au sentiment d'égalité, le sentiment d'égalité au communisme et le communisme à la révolution; que l'habitude de donner des poignées de mains détruit le respect dû de l'homme à l'homme, et que du manque de respect il n'y a qu'un pas à tous les dangers dont l'Internationale menace le monde (1).

Dans une conversation subséquente entre les membres de l'assemblée et un monsieur français, beaucoup de regrets furent exprimés de ce qu'ils n'eussent pas su, avant la réception, la nature des idées et le sujet qui leur avait été présenté; et le désir fut énoncé d'avoir une autre occasion de considérer la question avec la députation. Malheureusement il était trop tard pour arranger une autre conférence, les députés devant retourner chez eux.

(1) Nous ne faisons pas de réflexions sur cet incident; nous n'avons pas voulu le retrancher de ce compte-rendu, persuadé qu'il ne sera pas sans intérêt pour le lecteur.

CE QUE SAVENT DE SIMPLES OUVRIERS ANGLAIS.

NOTICE

Sur les Sociétés d'ouvriers anglais appelées « Associations pour les affaires
étrangères » dont les délégués ont été reçus à Versailles
le 23 février 1872 (1).

MESSIEURS,

En 1839, l'Angleterre était sur le point de devenir la
proie de la Commune et de l'Internationale, qui s'appelait
alors le mouvement ou la *Conjuration Chartiste*. Ce n'é-
tait pas Londres seulement, mais les vingt principales
villes d'Angleterre que le feu allait dévorer, sans qu'il dût
y avoir autre chose que du sang pour l'éteindre. Le jour
et l'heure étaient fixés ; et c'était partout à la fois que le
signal de l'incendie et du meurtre devait être donné.

L'avant-veille, au soir, un homme se trouva, un homme
du monde doué d'assez de courage et d'énergie pour se
commettre avec trois des cinq chefs supérieurs du complot, ouvriers égarés qui n'avaient pas créé la conjuration, mais en tenaient l'organisation et l'exécution dans
leurs mains. Il leur parla avec tant de force, qu'il crut les
avoir ébranlés, mais sans les convaincre. A deux heures
du matin, on sonne à sa porte. C'étaient les trois hommes.
Venaient-ils pour l'assassiner, ou pour reprendre l'entre-
tien? Il l'ignorait ; et il eut le courage de descendre,
seul, pour les recevoir. Après quelques mots échangés,
les chefs du complot tombaient littéralement à ses pieds,
et lui remettaient la liste en écriture chiffrée, des principaux membres de la conjuration. A peine l'eût-il déchif-
frée, qu'il leur prouva sur le champ, ce qu'il leur avait
affirmé auparavant, à savoir qu'ils étaient à leur insu les
instruments de l'étranger contre leur propre pays; il y
avait dans la liste deux noms d'agents russes, qui avaient
peu auparavant, fait le même métier en Grèce. Sur le

(1) Cette NOTICE a été lue au Cercle catholique de la rue Bonaparte, le soir
du même jour.

champ, ces trois hommes envoient partout des messagers porter contr'ordre. Il était temps. Le complot n'eut un commencement d'exécution que dans une ville éloignée, où le messager arriva une heure trop tard.

Messieurs, les trois hommes furent le premier noyau des Associations ouvrières, dont les délégués vous sont aujourd'hui présentés par des personnes remarquables de la Société anglaise ; et celui qui sauva ce jour-là sa patrie, est ici ; c'est M. David Urquhart.

M. Urquhart avait alors trente-trois ans ; il avait quitté récemment avec l'office de premier secrétaire général d'ambassade à Constantinople, la carrière diplomatique, pour embrasser la vie diplomatique.

Comment le plomb s'est changé en or, ou plutôt, comment la pépite terreuse fut lavée et devint un brillant lingot, ce serait chose intéressante assurément, à vous raconter, mais le récit serait un peu long. Quelques mots seulement.

Le complot chartiste avorté, les chartistes restaient, et ils se comptaient par centaines de mille. M. Urquhart allait de ville en ville, convoquant des meetings d'ouvriers. En une année, sa voix se fit entendre sur les hustings à plus de 500,000 hommes du peuple. Les séances duraient parfois douze heures consécutives. L'orateur était habituellement en péril de mort, et ses plus courageux amis n'osèrent pas toujours l'accompagner dans ses rudes joûtes. Un jour, il fallut le sortir par le toit d'une maison, tandis que ses auditeurs exaspérés étaient en train de la démolir. Une autre fois, on commençait à le piétiner, et l'on en aurait fini, sans une irruption très-opportune d'une escouade de policemen.

Il faut le dire, ses arguments n'étaient pas trempés dans de l'eau de rose. Il prenait à partie non-seulement son auditoire en masse, mais aussi chacun de ses auditeurs en particulier : et voici quelques-uns des thèmes favoris qu'il développait : « Vous vous payez de mots, de théories creuses, de spéculations en l'air. Vous négligez vos devoirs envers vos familles, envers vous-mêmes : vous êtes des criminels et des insensés. Vous vous mêlez des affaires de l'Etat, et vous ne savez pas conduire les vôtres : vous êtes avec cela les instruments aveugles de l'étranger contre vous-mêmes et contre votre propre pays. Vous êtes des ignorants : *étudiez, apprenez ;* après cela, vous serez en mesure de parler et d'agir. »

5

Il piquait l'amour-propre, qui tantôt s'irritait jusqu'à la rage, tantôt se changeait en enthousiasme. On le huait, et on le portait en triomphe dans la même séance. Après le meeting, il arrivait invariablement que les ouvriers les plus capables, les plus fortes têtes de l'auditoire venaient le joindre à l'hôtel, ou déjà convaincus, ou désireux de le vaincre, et il sortait de ces entretiens invariablement un noyau d'Association, un comité. Il s'en forma jusqu'à cinquante de ces comités ; ils prirent le nom qu'ils portent toujours, de « Comités ou Associations pour les affaires étrangères ; » et ils sont exclusivement composés d'hommes de la classe ouvrière.

Ce seul titre, Messieurs, vous indique assez que ces ouvriers ne sont pas seulement des hommes droits qui viennent présenter, dans leur pétition, une théorie honnête, en forme de panacée, pour remédier aux maux de l'Europe. Ce sont des hommes honnêtes et sincères, assurément, mais aussi des hommes qui *savent*, des hommes *pratiques*. Ils savent parce qu'ils ont étudié ; ils ont étudié la loi morale et le Droit des Gens, d'abord, puis les affaires de leur pays, puis surtout, les rapports de leur pays avec les autres nations, et par conséquent les affaires de celles-ci, les affaires de l'Europe.

Leurs connaissances ne sont nullement spéculatives, mais purement pratiques. C'est un point pratique, dans toute la force du terme, sur lequel ils appellent l'examen et la sollicitude de l'Assemblée.

De leurs connaissances pratiques des affaires, Messieurs, il existe des témoignages imposants.

Un jour qu'une de leurs députations était allée conférer avec des membres de la chambre des Lords, pour appuyer une pétition relative à une affaire de politique extérieure, lord Hardwick, après les avoir entendus, leur adressa ces paroles : « Vous vous dites des ouvriers. Mais moi, je vous prends pour des hommes d'Etat ; du moins pour ce que devraient être des hommes d'Etat, si nous en avions. »

Ces paroles portent en elles-mêmes un caractère trop sérieux pour pouvoir être regardées comme un compliment. Nous avons une preuve qu'elles étaient le fruit d'une conviction, car le noble lord répéta la même chose, à peu près dans les mêmes termes, à la Chambre Haute, en présence de plusieurs personnages. Le journal la *Presse*, de Paris, rendit compte alors, *in extenso*, de l'entrevue.

Lord Stratford de Redcliffe, leur a dit à son tour :

« Si les autres vous ressemblaient, les mauvaises mesures deviendraient impossibles ; et l'on pourrait trouver des ministres droits : parce qu'ils seraient appuyés. »

Permettez-moi, Messieurs, de vous résumer ici quelques points importants de leurs connaissances.

1° Ils connaissent le testament de Pierre Ier de Russie, lequel se résume ainsi :

Le but de la Russie est la domination de l'Europe. Les moyens consisteront à diviser entr'elles les nations européennes, et à les diviser chacune à l'intérieur.

2° Ils savent que ce testament a toujours été exécuté. Aussi ils comprennent bien pourquoi la *Grande* Catherine, avec le *Grand* Frédéric, complimentait et pensionnait l'homme qui contribua si puissamment à diviser les *Welches* à l'intérieur, en brisant chez eux le premier des liens, le lien des croyances, et en minant la base de tout édifice social : la morale. Je rougirais de nommer cet homme ici : c'est celui dont la statue a été plantée là-bas, le jour de l'abandon de Rome et la veille de Forbach, pour attendre le nouveau Frédéric.

3° Ils ne s'étonnent pas de voir l'accord séculaire de la Russie, trop faible pour dominer seule, avec la Prusse, parce qu'ils connaissent le mot de Marie-Thérèse, qui n'a pas encore cessé d'être vrai : *Tous deux ont le même désir d'agrandissement, tandis que les objets de leurs désirs sont différents (1).*

4° Ils connaissent la différence fondamentale entre le cabinet russe et les autres cabinets de l'Europe ; et ils vous disent : la force diplomatique de la Russie, c'est-à-dire la force par excellence, la force des forces, vient d'abord du secret ; ensuite, de ce qu'on ne connaît pas en Russie ces fléaux publics appelés ailleurs et surtout chez nous changements de gouvernements et renversements de cabinets, dont l'effet désastreux est de porter au pouvoir des hommes nouveaux, plus ou moins habiles dans les tournois de paroles, mais ignorants des affaires intérieures et extérieures. Ils savent qu'en Russie il en est tout autrement. La Russie, ce n'est pas le peuple russe ; la Russie, ce n'est pas la noblesse russe ; la Russie, ce n'est pas le clergé russe (oh non !); la Russie, ce n'est pas

(1) Ces paroles de Marie-Thérèse ont été rappelées récemment par M. B. d'Agreval, dans son ouvrage remarquable intitulé : *La Diplomatie du second Empire*, page 155.

même le czar. La Russie, c'est le cabinet russe. Il n'a jamais été renversé depuis un siècle et plus ; il est immortel ; il se recrute lui-même, et dans le monde entier, mettant la main sur tout homme qui réunit ces deux conditions : capacité hors ligne, et absence de scrupule, pour exécuter le testament du czar Pierre. Témoins, parmi ses diplomates les plus habiles : le corse Pozzo di Borgo, le grec Capodistrias, et le français duc de Richelieu.

5° Ces ouvriers vous dévideront, aussi facilement que leur machine dévide une bobine de laine ou de coton, l'écheveau de la Diplomatie russe, c'est-à-dire l'histoire de l'Europe depuis cent ans passés, et particulièrement l'histoire de la France depuis 1814. Ils connaissent les dépêches publiques et secrètes, notamment celles qui furent trouvées aux archives russes de Varsovie en 1832, lors de l'avènement du prince Czartorisky, et celles qu'a publiées assez récemment M. le baron de Prokesch, aujourd'hui ambassadeur d'Autriche à Constantinople (1). Ils vous montreront, pièces en mains, que la Russie en 1815, malgré ses récentes blessures, a manœuvré pour faire revenir Napoléon de l'île d'Elbe, afin d'arriver à ses fins séculaires, et d'écarter le principal obstacle du moment, qui était la présence de Talleyrand dans le cabinet français ; et cela, parce que Talleyrand était le seul homme d'Etat qui connût bien alors la Russie, son plan, son but, et ses moyens. Ils vous montreront, — pièces en mains, toujours, — que le candidat de la Russie au trône de France, était déjà, en 1815, Louis-Philippe ; que c'est elle qui le fit arriver en 1830, et fit tomber Charles X au dernier moment, par un de ses agents (un français), qui garda en poche le retrait signé des Ordonnances au lieu de le publier : ce qui eût ôté le prétexte aux *glorieuses*. Ils vous montreront que c'est elle qui renversa encore Louis-Philippe, et encouragea Napoléon III à faire le coup d'Etat, par l'entremise de lord Palmerston, son homme-lige, à elle ; — que c'est elle enfin qui nous renversait hier, en nous privant de toute alliance, comme s'en félicitèrent, sans vergogne. à la face de l'Europe, les deux Empereurs après la guerre ; — comment enfin elle nous laisse, atteignant définitivement son but en ce qui nous

(1) Un homme d'Etat qui ne sait pas ce qu'il y a dans le livre de M. le baron de Prokesch est un géomètre qui voudrait arpenter sans équerre et sans niveau ; un avocat qui se ferait général ; un soldat sourd et aveugle que l'on enverrait à la bataille.

concerne : *la division à l'intérieur*, elle nous laisse divisés
en effet en trois partis monarchiques et je ne sais combien de partis républicains. Ils vous montreraient encore,
— et preuves en mains, — comment, en leurrant la vanité
d'un de nos écrivains-diplomates, et en obtenant de lui
qu'il trompât Louis XVIII, elle fit faire la guerre d'Espagne
de 1823, point de départ des divisions à l'intérieur de ce
beau pays, qui a aujourd'hui, lui aussi, trois prétendants
et la pourriture à la tête. Comment encore, elle eut le
talent de conduire la guerre de Crimée si habilement, que
cette guerre, à elle faite par quatre nations, dont deux incontestablement très-fortes, se réduisit, deux années durant, au siége d'un rocher, dont on prit la moitié, à la
fin (1).

Mais il faut se borner.

Voilà ce que savent, aussi bien que les meilleurs diplomates, ces ouvriers, venus d'Outre-Manche pour demander à l'Assemblée nationale de France l'abolition de la
Diplomatie noire, par le rétablissement d'une institution
qui exista de tout temps, plus ou moins parfaite, excepté
en ce siècle où elle s'est complètement éteinte : « Un tribunal pour juger des cas de guerre. » Ce qui serait, d'après leur énergique langage, le passage de l'Europe de
l'état d'imbécillité et de crime, au règne du bon sens, de
la justice et de la charité.

Veut-on savoir d'eux encore, par exemple, pourquoi
nous avons eu la guerre, et, en définitive, pourquoi nous
nous avons perdu l'Alsace et la Lorraine, et subi une si
douloureuse paix ? — Certes, ils ne contesteront aucune
des causes connues et avouées de nos désastres. Mais ils
en allèguent une que presque personne en France ne
paraît soupçonner.

La vraie cause de la guerre de 1870, et la raison dernière du triomphe de la Prusse, c'est, nous disent-ils, le
traité de Paris de 1856, c'est-à-dire deux petites clauses
qui y ont été glissées, en ces termes : « La course est abolie. — En temps de guerre, le pavillon neutre couvre la
marchandise. » Ces cinq ou six petits mots ont supprimé
complètement la force sur mer, et l'ont transportée uniquement sur terre : ce qui ne s'était pas vu depuis l'arche
de Noë. Sans ces deux phrases, la Prusse, qui n'a pas en-

(1) Pendant les préliminaires de paix qui suivirent la prise de la tour
Malakoff, la France et l'Angleterre demandèrent à la Russie la *permission
de rembarquer leurs troupes à Sébastopol.* Les protocoles relatent ce fait.

core de marine militaire, *n'eût pas été prête* et ne nous eût pas provoqués à la guerre. Sans ces deux phrases, la guerre étant donnée, la Prusse aurait vu sa marine marchande détruite, capturée par nos vaisseaux de guerre transformés en coureurs et par nos porteurs de lettres de marque. Une vingtaine d'Alabamas eussent compensé sur la mer le mal qu'elle nous faisait sur terre; son commerce eût été anéanti ; et les neutres n'auraient pu y suppléer. Et comme les nations d'à-présent ne peuvent vivre sans le commerce maritime, la Prusse victorieuse sur terre jusqu'à la Loire, mais complètement vaincue sur mer, blessée à mort et réduite aux abois, aurait eu besoin de la paix plus encore que la France.

Voilà, Messieurs, comment ces ouvriers savent trouver la suprême cause de nos désastres. Remarquez que leur force diplomatique est telle, que ce n'est pas après coup qu'ils ont fait cette découverte. J'ai lu, avant que Paris fût investi, une de leurs Adresses, imprimée, datée du 4 septembre 1870, et envoyée alors au Gouvernement français pour le conjurer de ne tenir pas compte de ces clauses du traité de Paris, lesquelles y ont été insérées subrepticement, n'ont pas reçu l'approbation légale de certains co-signataires de ce traité, sont nulles par conséquent pour défaut de forme, comme elles sont injustes et absurdes au fond. Dans une pièce qui fait partie de ce dossier, on trouve une expression remarquable et parfaitement exacte pour caractériser la situation résultant pour nous de ces deux clauses, — pour nous, la seconde puissance maritime du monde : « Vous êtes, nous disaient-ils, dans la situation d'un homme réduit à se battre, un bras, — et son bras le plus fort, lié derrière le dos. » — Notre marine était notre meilleur bras dans cette lutte, puisque la Prusse n'en a pas. Il y a plus : c'est bien avant le 4 septembre 1870 qu'ils avaient prévu ce qui nous est arrivé, et éventé le piége caché dans le traité de Paris. Ce traité fut signé en 1856. Après avoir jeté le cri d'alarme, avant même la guerre de Crimée, parce qu'ils avaient prévu qu'elle aboutirait à ces stipulations, ils en signalèrent ensuite les conséquences funestes, et l'iniquité, cachée sous le prétexte d'humanité, et les grands mots d'adoucissement des mœurs et d'atténuation des maux de la guerre. Et en effet, Messieurs, par quel absurde raisonnement, la propriété qui voyage sur la mer mobile, devra-t-elle être être plus inviolable que la propriété qui repose ou se meut sur le sol ferme? La main, la bouche, et l'obus prussiens ont-ils donc respecté nos greniers, nos celliers, nos étables, nos maisons, nos églises, et nos docks? (1). — Et tandis qu'ils nous affamaient, nous dévoraient et nous détruisaient sur terre, le Droit des Gens russe nous obligeait à leur laisser gagner de l'argent sur mer, entretenir paisiblement leur commerce, se ravitailler de toutes façons sous pavillon neutre ou soi-disant neutre, à la barbe de toutes nos saintes-barbes! de tous nos beaux navires réduits à courir des bordées pour tuer le temps, paralysés qu'ils étaient par le fait d'une grossière machination russe, d'une ânerie qu'on nous a fait accepter au nom de cette autre grande ânerie qu'on appelle la civilisation moderne.

Je vous ai donné, Messieurs, quelques échantillons de la solidité des connaissances pratiques des ouvriers anglais. Je ne vous les aurais pas fait suffisamment connaître si je ne prévenais une objection qui, je le sens, est déjà présente à votre esprit: « ces ouvriers, pensez-vous, ne trouvent pas tout cela d'eux-mêmes. Ils sont inspirés par quelque maître en diplomatie, dont ils sont sans doute, — et c'est bien quelque chose, — les fidèles échos. »

Non, Messieurs, il n'en est pas ainsi. J'ai fait sur ce point une enquête sérieuse, et minutieuse; et les résultats m'ont démontré que les ouvriers des « Associations pour les affaires étrangères » étudient eux-mêmes les faits, les actes, les documents diplomatiques, forment et formulent eux-mêmes leurs jugements.

Ainsi, par exemple, c'est le 4 juin de l'année dernière, qu'ils ont adressé à la reine leur remontrance sur le traité de Washington, au sujet de la grave affaire de l'*Alabama*. La réponse de la reine est du 14. Or j'étais chez celui qu'on appelle leur maître, chez M. Urquhart, dans sa maison d'été en Savoie, au commencement de juillet; et c'est seulement alors, c'est-à-dire après la publication, qu'il reçut ce document en ma présence.

Il ne sera pas sans intérêt pour vous de connaître cette pièce en substance. En voici le titre : « La convention de Washington, dressée non en vue de procurer la réconciliation de l'Angleterre et des Etats-Unis, mais leur destruction mutuelle. » Et en voici la conclusion : « La partie de la

<hr>

(1) Le premier acte de Frédéric-Charles, à son entrée au Mans, fut de mettre la main sur le dock de cette ville et sur toutes les marchandises qui s'y trouvaient. Ce fait nous est révélé dans le procès récent gagné par les industriels du Mans contre le Maire de cette ville.

convention de Washington relative à l'affaire de l'*Alabama*, examinée tant dans le fond que dans la forme, est démontrée nulle et invalide soit comme instrument judiciaire, soit comme acte diplomatique ; inexécutable, et ne pouvant avoir d'autre résultat que de produire de nouveaux ferments de discordes entre les deux puissances.

Ce document, je le répète, est du commencement de juin de l'année dernière ; il a été délibéré, signé, imprimé, et expédié à la Reine d'Angleterre au lendemain de la publication officielle du projet de traité de Washington, par les comités des ouvriers du Yorkshire, réunis à Kreighley, et du Lancashire réunis à York. Il a donc neuf mois de date ; et il y a six semaines qu'on s'est aperçu que les ouvriers avaient raison (1).

Autre exemple. Lorsque lord Hardwick et lord Stratfort de Redcliffe adressèrent aux délégués des Comités d'ouvriers les graves paroles que j'ai citées plus haut, c'était à la suite de conférences, de conversations entr'eux et les délégués eux-mêmes. Ceux-ci ne sont donc pas de simples échos.

Chose plus étonnante. Ces Comités, et ils sont nombreux, sont toujours d'accord, sans entente préalable, sans mot d'ordre, sur les appréciations motivées des actes publics et officiels. Ils sont en outre d'accord, dans la même mesure, avec les membres distingués de la Société anglaise qui, sans faire partie de leurs Associations, traitent les mêmes questions selon les mêmes principes.

Ce mystère, je le sens, a besoin d'être expliqué ; ou plutôt, puisque c'est un fait, il faut en tirer les conséquences, qui en même temps l'éclairciront, et vous livreront la clef de la constitution intime et du fonctionnement des « Associations d'ouvriers anglais pour les affaires étrangères. »

La raison première de cet accord sans mot d'ordre, de cette concordance de jugements multiples et motivés, sans concert préalable, est que ces hommes ont pris à tâche, au début, de se débarrasser de leurs *opinions*, pour les remplacer par des *convictions*. A leurs yeux, les opinions étaient la peste de leurs intelligences, et la corruption de leurs volontés. Ils ont vu que les opinions étaient des *préjugés*, des lueurs vagues, des jugements informes, non

____

(1) Inutile de faire remarquer que je disais ceci en février dernier, et que la grande et longue émotion, survenue depuis, prouve la perspicacité des ouvriers anglais.

motivés, irrationnels par conséquent, et indignes de l'intelligence humaine. Ils se sont aperçus ensuite que rien n'était plus corrupteur des actes humains que ces *opinions*, non-seulement parce que, étant vagues et informes, elles ne peuvent fournir de *règle* à l'action humaine, mais parce que les opinions étant libres et variables jusque dans le même individu, elles n'obligent à rien, n'engendrent aucune direction constante, aucun devoir, et représentent chez l'homme qui agit d'après elles, l'état d'un animal qui serait poussé par des instincts confus, vagues, contradictoires, et non plus par les instincts sûrs que lui a donnés le Créateur. Cet animal périrait. Ces hommes se sentaient périr. Ils s'affranchirent donc des opinions, pour n'acquérir ensuite que des convictions et des certitudes. Ils y parvinrent en étudiant la Loi morale, la Loi naturelle, le Droit des Gens, en un mot le Décalogue ; et en s'imposant l'obligation de ne jamais émettre de jugement ni d'en exprimer sinon d'après cette Loi. Alors ils étudièrent les faits ; les rapports des nations et des gouvernements ; et ils virent clair, et se trouvèrent d'accord sans se concerter. Là en effet et là seulement est l'unité, l'accord, l'harmonie.

La seconde conséquence à tirer du fait, c'est que les affaires des nations et leurs relations entr'elles sont moins embrouillées que celles des particuliers. Ce qui ne doit pas nous étonner, si nous réfléchissons à ceci : que ce qui rend parfois difficile à juger les litiges entre particuliers, c'est l'obscurité des origines, des titres, des témoignages. Tandis que cette obscurité n'existe pas ordinairement dans les affaires entre nations et gouvernements ; les faits qui donnent lieu à des questions ou débats étant des faits considérables, dont l'origine est notoire. Avec des faits notoires d'une part, et des principes certains de l'autre, il est tout simple qu'on arrive à des appréciations et à des applications justes, et concordantes. Il est évident d'ailleurs que des hommes droits ne peuvent que tomber d'accord.

Voilà l'explication. — Il ne s'ensuit pas, d'après eux, qu'il n'y ait point à étudier, même après le laborieux combat préliminaire, destiné à dissiper les nuages et les ténèbres des opinions, des préjugés, des spéculations en l'air, des abstractions. Non, il faut, après cela, étudier encore, et se livrer à la recherche des faits. Mais voici le fruit, et la consolation : c'est que le travail aboutit toujours, et qu'il suffit pour trouver les solutions désirées.

Une comparaison, Messieurs, et j'en finis avec cette partie de mon exposé.

Que moi, prêtre catholique, fidèle à l'enseignement du Fils de Dieu et de son Vicaire ou de son Eglise (c'est tout un), j'aille donner une instruction à Marseille, ou en Espagne, ou en Italie, ou à Constantinople, sur un point quelconque de notre foi, il s'opèrera immédiatement un accord entre ma parole et l'intelligence des fidèles, mes auditeurs ; et, si j'ai ce don de Dieu, je toucherai leurs cœurs dans un pays comme dans un autre. Si en outre j'ai l'occasion de faire, en leur présence, l'application de la doctrine à un fait particulier, je la ferai, et la solution sera acceptée par ces fidèles qui m'entendraient pour la première fois, comme par les fidèles mes paroissiens. — Pourquoi? Vous le savez : c'est que notre foi est catholique, et la même lumière luit dans tous les pays catholiques à l'intelligence des fidèles ; et ensuite, qu'il suffit de la logique commune pour éclairer un fait de cette lumière, pour établir le rapport entre le fait et la doctrine.

Quelle influence ces hommes ont-ils exercée sur leur nation, ou au dehors ? — Voilà une question que se pose légitimement votre curiosité, et je dois la satisfaire.

Lorsque je leur ai posé moi-même la question, en ces termes : Quel résultat avez-vous obtenu sur la masse de votre nation, et sur la marche des affaires publiques, ils m'ont répondu modestement : *Aucun*. En poursuivant le cours de mes investigations, je me suis convaincu que cette réponse, vraie au fond, était néanmoins empreinte de trop de modestie. Il est à reconnaître que les adhérents de ces « Associations pour les affaires étrangères, » quoique formant un groupe de travailleurs intellectuels assez notable, par le courage, la persévérance, et même par le nombre, sont néanmoins comme noyés dans la masse du peuple anglais. Ils vous représentent à peu près ce que serait, dans un autre genre, une cinquantaine de petites conférences de saint Vincent de Paul, disséminées sur la surface du territoire français. De plus, ils font partie de la classe ouvrière, c'est-à-dire de cette portion de la nation qui en Angleterre ne participe effectivement, en aucune façon, aux affaires publiques, pas même par le suffrage ou le vote électoral. D'un autre côté, la presse quotidienne anglaise n'a jamais voulu, ni pu occuper le public de leur œuvre. Elle ne le pouvait pas, parce que, pour cela, il eût fallu *savoir*, il eût fallu *étudier*, ce qui n'est pas, en règle générale, l'affaire de la presse quotidienne, en Angleterre non plus qu'ailleurs. Il eût fallu de plus, signaler, mentionner du moins la flétrissure des opinions discordantes, qui sont la mort des nations, mais la vie de la presse : il il était difficile de le vouloir.

Malgré cette situation, et pour d'autres motifs que la nécessité d'être bref ne me permet pas même de toucher, dire que les Comités d'ouvriers n'ont produit aucun résultat dans leur pays, ce ne serait point être exact. Pour parler de la sorte, il faut être exclusivement préoccupé du but suprême, du succès final, et ne pas tenir compte des avantages partiels. En effet, voici un résultat dont nous-mêmes nous serions fiers. Lors de la guerre d'Italie, il entrait dans les desseins du parti révolutionnaire de « chauffer le mouvement » en Angleterre, et Mazzini y envoya ses émissaires pour soulever une houle d'opinions sur cette vaste mer qui s'appelle la classe ouvrière anglaise. Cette tentative échoua complètement ; et les émissaires mazziniens en donnèrent eux-mêmes la raison. « Nous ne pouvons rien dans ce pays, disaient-ils, on nous y a pris toutes les fortes têtes. » Dans cette circonstance, comme dans plusieurs autres analogues, lorsque les chefs d'un mouvement désordonné organisaient un meeting dans une ville, des membres de nos « Comités d'ouvriers » y paraissaient, prenaient la parole, et le coup était manqué. Mieux encore : les meetings aboutissaient à un résultat contraire à celui que prétendaient atteindre les organisateurs. Nos ouvriers prirent la résolution de les suivre dans les différentes villes, et plus d'une fois, il a suffi de la présence d'un membre de nos comités, signalée à l'arrivée des trains aux agitateurs, pour décider ceux-ci à ajourner, c'est-à-dire à faire avorter les meetings : ce qu'ils préféraient à une défaite certaine.

Lorsque le Sultan visita l'Europe, et fut en Angleterre, nos ouvriers lui demandèrent une audience, pour lui exposer leurs vues sur l'affaire de Candie, et le conjurer, au nom du Droit des Gens, de la terminer par un moyen qu'ils lui indiquaient. Le sultan les écouta avec la plus sérieuse attention, et la marche à suivre indiquée par eux fut celle qui, malgré des obstacles de tout genre, finit par prévaloir dans les conseils de Sa Hautesse. L'intervention des puissances soi-disant protectrices fut en dernier lieu, mise de côté ; la Turquie signifia directement à la Grèce

son ultimatum, au désappointement de la Russie et à l'é-
tonnement de tous, l'appuya d'une démonstration de sa
flotte armée dans les eaux-frontières, et la *question de
Candie,* en même temps que la crainte d'une conflagra-
tion générale, disparut comme par enchantement.

Ces résultats, et d'autres que j'omets, ne sont pas sans
valeur. Mais il est un succès qu'ils avouent ne pas dé-
pendre d'eux, qu'ils désirent voir réalisé par d'autres, et
en particulier par l'Assemblée nationale. Pour nous en
rendre compte, il est nécessaire de mentionner un des
documents qui font le sujet de leurs communications res-
pectueuses à la Reine d'Angleterre. C'est celui dans lequel ils demandent la restauration des lois et coutumes
anciennes, notamment en ce qui regarde le Gouvernement
royal en Angleterre. Ils y établissent et démontrent que
les garanties antiques qui assuraient la maturité, la publi-
cité et la responsabilité effective des actes du gouvernement de la Reine, ont été peu à peu supprimées, et ont
complètement disparu aujourd'hui. Il n'y a plus aujour-
d'hui que ce qu'on appelle le *cabinet,* lequel se réduit, en
pratique, au chef de ce cabinet. Celui-ci s'appelle toujours
libéral, mais en réalité, il traite les affaires, et surtout les
affaires extérieures dans le *secret diplomatique,* ordonne
seul fréquemment, et quelquefois par simple billet, les
mesures les plus graves, comme la guerre elle-même, et
les traités ou clauses du genre de celles que nous avons
signalées plus haut : mesures dans lesquelles sont enga-
gées la vie des hommes, la conscience des chrétiens, le
repos, le bien-être et l'avenir des familles et des nations.
Et celui ou ceux qui exercent cet immense pouvoir dis-
crétionnaire, abritent les abus qu'ils en font sous le cou-
vert de la prérogative royale tout en agissant à l'insu de
la Reine, peuvent être et sont en effet trop souvent les
instruments, et parfois même les complices vendus de
de l'étranger. Or, messieurs, ce n'est pas seulement en
Angleterre que des ministres se disant libéraux et proclamés tels par la presse européenne, procèdent de cette
façon. Qu'est-ce que la Prusse ? et même qu'est-ce que
l'Allemagne ? — C'est M. de Bismarck, homme-lige de la
Russie. — Qu'était-ce que l'Autriche, depuis six ans ? —
C'était (et ce l'est encore) M. de Beust, un agent prusso-
russe. — Et qu'était-ce que l'Espagne il y a deux ans
(aujourd'hui ce n'est plus rien)? — C'était Prim, un agent
prusso-russe, le machiniste de cette comédie devenue

si tragique. Et qu'est ce que le gouvernement italien, qui s'appelle l'Italie ? — Un vil marteau pour écraser l'Autriche, seul obstacle physique, il y a vingt ans, à l'exécution du testament du czar Pierre ; — un vil marteau pour écraser le Pape, seul obstacle moral, seule voix autorisée qui ait désigné et caractérisé l'empire russe par ce mot que ses enfants hélas ! aveuglés par les lumières modernes, assourdis par le tapage des vaines opinions discordantes, n'ont point entendu : « LA FRAUDE PERPÉTUELLE, LA FRAUDE HÉRÉDITAIRE. *Avita fraus (1)*. » — Enfin qu'était-ce que la France avant la guerre ? — C'était le bras, autrefois le noble bras de la chrétienté, devenu le bras qui maniait le vil marteau contre l'Autriche et contre le Pape, au profit des deux solidaires du Nord ; et aujourd'hui ils l'ont brisée !

Ainsi, en fait, toute trace du Droit des Gens, c'est-à-dire de la Loi naturelle et divine, contenue notamment dans le Ve précepte du Décalogue, a fini par disparaître de l'Europe politique et diplomatique. La conscience de ceux que l'on envoie tuer en guerre, n'a plus de garantie. Elle n'en a pas plus que celle de fils de famille à qui, sans jugement, sans sentence préalable, leur père donnerait l'ordre d'aller assassiner, brûler et voler. Voilà le mal profond, universel, auquel ces hommes voudraient voir porter remède. Tout en s'adressant à leur souverain, comme je l'ai dit, ils se sont aussi tournés vers l'Eglise et le Pape, pour solliciter la promulgation solennelle à nouveau des principes éternels du Droit des Gens, dont la doctrine complète est gardée, comme ils l'ont constaté, dans le Droit canonique ou Pontifical. Ils ont envoyé une Adresse aux Evêques d'Orient avant le Concile, et le Synode préparatoire de Smyrne a traité cette question capitale. Ils ont soumis au Pape, la veille du Concile du Vatican, une Adresse respectueuse, dont le Saint-Père s'est montré touché ; et le Concile allait s'occuper de ce grand œuvre, lorsque le canon l'en a empêché.

Aujourd'hui, ils viennent à l'Assemblée nationale de France, pour lui demander, par l'établissement d'un Tribunal pour juger les causes de guerre, l'application de

(1) Allocution de S. S. Grégoire XVI au Sacré-Collège, du 22 juillet 1842, imprimée à Rome, avec 90 documents à l'appui. — Voir le texte dans « RECUEIL DE DOCUMENTS *relatifs à la Russie*, pour la plupart secrets et inédits. » — Paris, PAGNERRE, 1854, page 144-145.

cette doctrine qui n'est pas nouvelle, que des peuples païens même ont connue et pratiquée, et dont l'oubli, contribuant à effacer, avec le respect de la vie humaine, tout autre respect chez les hommes, a plongé la société européenne dans la confusion et le chaos, et l'a mise en péril de mort.

Messieurs, ma tâche est finie. Je vous ai exposé l'origine, le caractère, les travaux et le but de ces Associations. Il ne me reste qu'à vous rendre compte des motifs qui m'ont déterminé à l'accepter, sur la demande de ces ouvriers, et des hommes honorables qui les accompagnent.

Il y a quatre ans que je connais l'œuvre admirable des Associations d'ouvriers anglais pour les affaires étrangères. Mes études personnelles sur le Droit Pontifical m'avaient préparé à l'apprécier comme elle le mérite. Je vis immédiatement, je constatai et démontrai dans leur propre *Revue*, qu'ils m'ouvrirent avec empressement, l'accord parfait entre la doctrine de l'Eglise et les saints canons d'une part, et les résultats identiques auxquels étaient parvenus ces hommes, presque tous révolutionnaires, sécularistes, et protestants, au début, mais droits et sincères, et, grâces à Dieu, devenus en grand nombre aujourd'hui catholiques. Ce qui ne vous étonnera pas, Messieurs, pour peu que vous réfléchissiez que la divinité de la Constitution de l'Eglise ne pouvait manquer d'apparaître à des hommes apportant dans l'examen de la société religieuse la sincérité, la droiture, la sûreté de méthode et les travaux consciencieux qu'ils appliquaient à l'étude de la société civile.

Mais je ne fus pas seulement frappé de cette conformité de principes. Les connaissances pratiques de ces hommes du peuple en matière de gouvernement et de diplomatie, me firent faire un retour sérieux sur moi-même ; et je conclus que tout homme, tout chrétien, tout fidèle intelligent, et ayant quelque conscience, est tenu devant Dieu de faire comme ces hommes dans la mesure de ses dons et de ses forces ; c'est-à-dire d'étudier, à la clarté des principes éternels, les affaires de son pays, les affaires de l'Europe, pour contribuer au salut des âmes et au salut de la patrie, dans un temps où le vaisseau de la Société religieuse et civile est battu par la même tempête. C'est pourquoi j'ai rempli cette tâche, et déposé en même temps que mes amis d'Angleterre les leurs, la pétition française, déjà signée d'un bon nombre de nos concitoyens, et qui porte la souscription d'un évêque français, Monseigneur de Nevers.

Permettez-moi, en terminant, de confier à vos méditations une maxime d'un Père de l'Eglise, qui m'est revenue plus d'une fois à la pensée dans le cours de mes travaux sur l'intéressant sujet qui nous occupe :

Édé dé ! oute pistis aneu gnôseôs ! oute gnôsis aneu pisteôs !

Courage enfin ! Point de foi sans science, point de science sans foi.

Vous comprenez dans quel sens j'entends la science qui nous est aujourd'hui nécessaire : c'est la connaissance pratique du Droit des Gens, c'est-à-dire la science des principes, et la manière dont ils sont présentement appliqués aux affaires de notre pays et à celles de l'Europe.

C'est cette *science du monde* que recommandait avec tant de sollicitude le grand François de Xavier au P. Gaspard Barzée, en l'envoyant à Ormuz et aux Indes ; il lui écrivait que rien n'est comparable au « fruit merveilleux que donne la science du monde, » quand elle est jointe à la connaissance de la Doctrine.

Telle est l'unique voie qui nous reste pour parvenir à réaliser cet autre axiome, que ces remarquables Associations ont choisi pour devise, et qui semble condenser les nombreuses et admirables allocutions du Saint-Père Pie IX, aux fréquentes députations qu'il reçoit :

« L'union de la Justice avec la Religion est si naturelle, que nous pouvons assurer hardiment qu'on ne trouve ni l'une ni l'autre, là où l'une et l'autre n'existent pas. »

NOTE.

Voici l'extrait de saint François Xavier, auquel nous faisons allusion :

« Connaître les hommes, par une étude approfondie d'eux-mêmes, les peindre fidèlement, et placer le tableau sous un jour tel, que chacun puisse s'y reconnaître.

« En quelque lieu que vous soyez, n'y fussiez-vous qu'en passant, tâchez de savoir, par les hommes les plus honorables, non-seulement quels sont les crimes qui se commettent le plus ordinairement, et les fraudes les plus usitées dans le commerce, ainsi que je vous l'ai recommandé pour Ormuz, *mais encore* les inclinations du peuple, *les coutumes du pays, la forme du gouvernement, les opinions, et tout ce qui touche à la vie civile.*

« On méprise souvent les avis des Religieux, sous prétexte qu'ils ignorent le monde. Mais lorsqu'on en rencontre un qui sait vivre et qui a l'expérience des choses humaines, on l'admire comme un homme extraordinaire... TEL EST LE FRUIT MERVEILLEUX DE LA SCIENCE DU MONDE.

« Vous devez donc travailler à l'acquérir avec autant de zèle que pour apprendre la Doctrine. »

On peut dire que, aujourd'hui, les hommes, et surtout les hommes d'Etat, sont des *Religieux*, en ce sens qu'ils *ignorent le monde*, c'est-à-dire la manière dont l'Europe et chaque Etat sont menés.

TROISIÉME QUESTION CAPITALE

JUSTICE ET VENGEANCE.

I.

LETTRE A Mme R***, A PARIS,

SUR LE CRIME DES HAINES NATIONALES.

Madame R***, personne d'une intelligence nette et d'une solide instruction, avait parlé à un de ses amis de « l'Adresse à l'Assemblée Nationale, » *demandant la reconnaissance publique du Droit des Gens par la nation française*, et l'institution d'un « Tribunal pour juger des causes de guerre. » La signature avait été promise. Lorsque le temps de signer fut venu, j'envoyai à Madame R*** un exemplaire de l'Adresse, et elle me répondit que la signature ne serait pas donnée. En même temps, elle m'exposait, en les déplorant, les motifs du refus, dont le principal était le désir de la *Revanche*. Elle ajoutait qu'il ne nous reste pas d'autres ressources que de nous adresser aux nouvelles générations, pour restaurer la notion de Justice en matière de Droit des Gens et de Guerre; les générations adultes, mal élevées, en étant incapables.

Cette lettre avec l'exposé qu'elle renferme me donna lieu de traiter en raccourci la question de la *Revanche* dans la réponse suivante :

A Mme R***, A PARIS.

Beaumont-en-Argonne (Ardennes), janvier 1872.

MADAME,

La bienveillance que vous avez mise à me répondre, et la lucidité avec laquelle vous exposez l'état des esprits et les objections faites contre « l'Adresse » m'encouragent à vous écrire de nouveau sur le sujet qui y est traité. Je dois ajouter, pour excuse de ce qui pourrait vous paraître une démarche indiscrète, que ma conscience me presse de la faire; parce que votre lettre me révèle une des trop rares personnes qui, en s'intéressant aux questions sérieuses, peuvent beaucoup pour répandre un peu de lumière au milieu des brouillards qui nous enveloppent.

1. C'est en vain, ou à peu près en vain, que nous enseignerons la vérité aux enfants, si, au sortir de l'enfance,

et à mesure qu'ils grandiront, la famille et la société détruisent notre enseignement.

2. Ce n'est pas la paix, à bien parler, que nous prônons, c'est la justice. Ce n'est pas toute effusion du sang, en guerre, que nous condamnons ; c'est l'assassinat, c'est le meurtre.

3. On nous dit : Nous avons soif de vengeance, et cette soif est telle, que tout ce qui paraîtrait en écarter l'apaisement, ou seulement ajourner l'heure de boire le sang allemand, nous répugne. — Un chrétien qui tiendrait ce langage ne pourrait, sans sacrilége, oser participer aux Sacrements de l'Eglise ; car il serait en état de péché mortel. La haine n'est pas plus permise entre nations que d'individus à individus. Le précepte évangélique qui oblige tout chrétien à aimer ses ennemis ne souffre pas d'exception. Et si personne en France n'est plus capable de goûter ce commandement fondamental de la Loi nouvelle, la France a totalement cessé d'être chrétienne ; et elle est perdue ; et ses désirs de vengeance ne la tireront pas de l'abîme. Les décisions de l'Eglise sont formelles sur ce point, et tout-à-fait précises. On lit dans le Droit sacré : « En quoi une guerre est-elle criminelle ? — Est-ce parce « que des hommes mortels y trouvent la mort, pour pro- « curer la paix aux vivants ? Non. Trouver cela répré- « hensible, ce serait le fait des hommes lâches, et non « pas des cœurs religieux. Mais voici ce qui est criminel « dans les guerres, et justement réputé tel : la passion de « nuire, la soif cruelle de la vengeance, un esprit impla- « cable et ennemi de la paix, la brutalité sauvage de la « révolte, l'ambition de dominer... » —Et ailleurs : « La « punition ou la vindicte, exercée sur les méchants con- « formément à la justice et à la loi, après sentence des « juges, n'est point elle-même inique : ce qui est inique, « c'est la *passion de la vengeance.* »

Notre France est-elle ou sera-elle assez aveugle pour ne pas voir là connexion fatale qui existe entre la haine de nation à nation, et la haine entre les diverses classes d'une même nation ? entre les guerres étrangères, injustement motivées et entreprises sans les saintes formes de la justice, et les guerres civiles, qui se font de la même manière ? Si nous fomentons ou si nous légitimons les haines et les vengeances nationales, comment espérer que s'éteindront les haines et les vengeances sociales ? Les unes et les autres sont criminelles ; et nous avons assez vu de crimes, pour être convaincus, hélas ! que les passions de la Commune étaient les plus profondes et les plus cruelles. Il n'y a pas d'autre remède à cette situation que de faire revivre et de proclamer de nouveau la justice. Il n'y a pas de justice sans jugement. Voilà tout ce que dit l'Adresse.

Pour moi, j'espère encore que les bons esprits sont capables de la vérité, surtout d'une vérité aussi primordiale et élémentaire. Ce qui fait que plusieurs hésitent, c'est l'ignorance du Droit des Gens dans laquelle, malheureusement, nous avons tous été élevés ; et les misérables formules *modernes* qui ont pris la place des notions les plus simples, les plus essentielles, et les plus familières même à certaines nations païennes.

La nation française s'est souvent montrée généreuse et noble dans le passé. Va-t-elle déposer sa générosité antique, qui lui a donné sa gloire d'autrefois, pour s'envelopper de la haine sauvage et brutale ? Au temps où elle était glorieuse et généreuse, elle a fait de temps en temps des guerres qui peut-être n'étaient pas toujours justes, au fond, mais dont les mobiles n'ont jamais été aussi ignobles et aussi peu chrétiens que le triste mobile aujourd'hui invoqué. En outre ces guerres étaient revêtues des formalités requises ; et jusque dans l'exécution, les Français se montraient des hommes dévoués à l'honneur, et non à la haine et à la grossièreté sauvage. « Tirez les premiers, Messieurs les Anglais ; » voilà ce qu'on entendit à la bataille de Fontenoy.

4. C'est bien à tort que l'on conclurait de la pétition que nous nous humilions devant l'injustice prussienne, et que nous acceptons, par une sorte de lâcheté, le vol de deux provinces. Sans doute, la pétition renferme un acte d'humilité et de repentir, mais cet acte ne tombe pas sur cet objet. Cette humilité et ce repentir portent uniquement sur des erreurs et sur des crimes qui nous sont communs avec les autres nations européennes, et dont la Prusse, autant et plus que les autres, s'est rendue coupable, et contre le Danemark dans la guerre du Sleswig, et contre le Hanovre et son vieux roi aveugle, et contre l'Autriche, et contre nous-mêmes, en nous dressant, dans la perversité de ses desseins d'asservissement de l'Allemagne, un piége plein de perfidie et d'astuce. Ce serait, je le répète, bien peu connaître les principes élémentaires du Droit des Gens, que d'inférer de la pétition que la

France est disposée à reconnaître la conquête sauvage de l'Alsace et de la Lorraine, et à renoncer dans l'avenir à une revendication très-juste, et à la délivrance des opprimés, réduits en esclavage. Ce que veut et demande la pétition, c'est que cette revendication, lorsqu'elle aura lieu, se fasse au nom de la justice, et non pas au nom d'une vengeance animale. Ce que réclame la pétition, c'est précisément le contraire de la maxime impie en vogue aujourd'hui : La force prime le Droit ; c'est que la noble France, lorsque sonnera pour elle à l'horloge de la Divine Providence, l'heure des justes revendications, donne le plus éclatant démenti aux théories brutales publiquement formulées par le chancelier prussien à Sedan et à Ferrières ; théories qui représentent les nations et les hommes comme des bêtes féroces, dont la plus forte doit écraser la plus faible pour le plus longtemps possible ; théories qui sont tellement les siennes, qu'il suffira alors de rappeler solennellement, par l'organe du vénérable Tribunal à établir, que cet homme a consenti, sans aucune observation ni réserve, à traiter avec des plénipotentiaires dont le mandat débutait par cette formule qui seule vicie en droit tout ce qui s'est fait : « L'Assemblée (de Bordeaux) *déclinant toute responsabilité! !* »

J'ai la persuasion, madame, que l'on fouillerait en vain tous les documents de l'histoire, pour y trouver semblable formule, et pour rencontrer un belligérant qui l'eût acceptée. Car autrefois, païens et chrétiens professaient la justice en matière de guerre, et après la victoire, ils n'avaient pas oblitéré leur caractère d'hommes au point de préten--dre avoir le droit d'être injustes en faisant le traité de paix. C'est pourquoi vous ne verrez pas dans les temps passés des vaincus décliner la responsabilité d'un acte de paix, ni des vainqueurs accepter cette clause, sans mot dire.

Ce procédé inouï éclaire d'un jour splendide les doctrines de l'Adresse, et démontre jusqu'à l'évidence la nécessité de les proclamer et de les admettre. Le *prince* Bismarck a prévu le jour des revendications ; il l'a avoué publiquement dans les discussions solennelles et diplomatiques de Ferrières et de Sedan (1) ; et il a ainsi confessé devant la France et devant l'Europe que sa paix n'était

---

(1) Les récits les plus dignes de foi, émanant des hommes officiels, et qui peuvent passer pour authentiques, n'ayant pas été démentis par les Allemands, sur le langage tenu par M. de Bismarck à Sedan et à Ferrières, ne laissent aucun doute sur ce point.

pas une paix. Il a appelé ce jour un jour de vengeance. Il a parlé ainsi dans l'intérêt de ses injustes guerres passées ; il a tenu ce langage pour perpétuer parmi les peuples l'immonde et sanglante théorie de la férocité. C'est un dernier piége qu'il nous a tendu. Evitons du moins celui-là !

En nous prêchant la haine et en l'excitant par ses rapines, il veut retarder le jour qu'il prévoit et qu'il redoute, le jour où nous redeviendrons *forts* et *puissants*.

Car en nourrissant la haine brutale contre l'étranger, nous fomenterons la même haine brutale entre les citoyens de notre malheureux pays. C'est une expérience faite ; le 31 octobre, le 18 mars et le 24 mai ne nous laissent pas d'illusions : ces deux haines vont ensemble ; et elles nous laisseront *faibles*, au dedans comme au dehors.

Sursum Corda. Revenons à la Justice : c'est la Justice seule qui nous relèvera.

J'ai l'honneur d'être avec respect,
Madame,
Votre très-humble et obéissant serviteur,

L'Abbé DEFOURNY.

II.

CRIME ET IMBÉCILLITÉ DES HAINES NATIONALES

—

POURQUOI M. DE BISMARCK FAIT LA GUERRE A L'ÉGLISE

I.

Avec l'erreur, les passions animales sont les causes de nos maux présents et de ceux qui nous menacent.

L'erreur, c'est la perte de la vérité. Lorsque la vérité est perdue, les passions animales ont le champ libre, et elles règnent seules. Il en résulte l'état sauvage dans toute sa nudité.

La vérité sur le Droit des Gens étant perdue, aucun homme sage ne doit s'être étonné de n'entendre en France que des cris de vengeance après la défaite. En d'autres termes :

La connaissance de la Justice est nécessaire pour que la justice ne soit pas violée par les passions aveugles. Même avec cette connaissance, les particuliers et les nations ne résistent pas toujours à l'entraînement des passions. Mais lorsque cette connaissance n'existe plus, les passions aveugles ont le champ entièrement libre ; et c'est l'état sauvage.

Et parce que la connaissance des principes du Droit des Gens, de la Loi supérieure qui doit diriger toutes les nations, parce que la connaissance de la justice n'existait plus, la voix des passions humiliées et froissées, et par conséquent irritées, pouvait seule se faire entendre.

Le seul repentir qui se soit manifesté en France après la défaite, a été le regret d'avoir commencé la guerre *sans être prêt*.

Le plus sanglant reproche au gouvernement déchu, chargé de veiller aux préparatifs, a été d'avoir dénoncé les hostilités *sans être prêt*.

Personne n'a fait un retour sur soi-même. Aucun homme public en France, sauf à notre connaissance, le défunt évêque de Rodez, ne s'est demandé si cette guerre avait été juste et légitime de notre part, et si l'on avait justement participé à cette guerre, à laquelle tous applaudirent au début. Les hommes d'Etat, les hommes des Chambres ne se sont point interrogés dans leurs cœurs, ne se sont pas posé ces questions de premier ordre : Les griefs contre la Prusse étaient-ils suffisants pour motiver des hostilités? Et quand nous avons décidé que nous allions attaquer l'Allemagne, c'est-à-dire répandre le sang humain à flots, avons-nous pris une seule des mesures que tout tribunal prend, en vertu de la loi naturelle et humaine, avant de condamner un seul homme et de le frapper même de la moindre amende?

D'un autre côté, en Allemagne, les gouvernants qui connaissent peut-être la Justice et le Droit des Gens, mais qui les méconnaissent pour satisfaire leurs passions, s'étaient montrés plus habiles dans la préparation et la machination de la guerre, n'ont eu d'autre souci, après la victoire, que d'écraser le vaincu pour le plus longtemps possible. Ils ont accepté formellement la lutte à venir, et donné solennellement acte au vaincu de son dessein de vengeance future. S'il n'en est pas fait mention dans le traité proprement dit, il en est fait foi dans les procès-verbaux publics des préliminaires... de paix! ! !

Ainsi l'état de barbarie est consommé et solennellement reconnu en Europe.

Pour saisir la différence entre ce temps-ci et les temps passés, il suffit de jeter les yeux sur le trait suivant de l'histoire du XIIe siècle :

« Les clauses du traité de paix entre Philippe-Auguste et Jean-sans-Terre avaient été discutées et rédigées ; il ne restait plus qu'à conclure et à signer, à la manière de l'époque, cette paix tant désirée.

« Le 22 mai 1200, les deux monarques, accompagnés des grands feudataires qui devaient se porter garants de leurs engagements, se présentèrent entre le château de Gouleton, relevant du roi de France, et celui de Butavant, relevant du roi d'Angleterre. Il leur fut donné lecture du traité : Jean-sans-Terre y apposa son *scel* ; et Baudouin, comte d'Aumale, Guillaume-le-Maréchal, Hugues de Gournay, Guillaume du Hommet, connétable de Normandie, Robert d'Harcourt, etc., signèrent après lui, jurant que si le roi d'Angleterre violait le traité, ils prendraient les armes contre lui et soutiendraient les droits du roi de France. Philippe-Auguste, à son tour, apposa son *scel* royal, et Robert, comte de Dreux, Geoffroy, comte de Perche, Guillaume de Garlande, Mathieu de Montmoren-

cy, et autres, signèrent également, et dirent l'un après
l'autre :

« *Je suis témoin et garant des engagements de notre sire
roi de France, et je jure de prendre les armes contre lui
et pour le sire roi d'Angleterre, si mon seigneur roi de
France viole ce traité. (1)* »

Voilà des hommes qui avaient autre chose d'humain
que la face, et à qui, du reste, les maîtres d'école de leur
temps ne faisaient point accroire que l'on trouvait dans
leur os frontal le signe de la bête.

Les haines bestiales et vraiment imbécilles d'aujour-
d'hui font parfaitement les affaires de la Russie et de la
Prusse. Grâce à elles, et à la méconnaissance de plus en
plus complète de la Justice et du Droit, la Russie n'en
continuera que mieux son rôle facile de montreur de
chiens et d'ours se battant et se déchirant sur le champ de
foire européen. Et la Prusse, du moins tant qu'il plaira à
la Russie, aura aussi toute facilité pour tenir sous son
bâton toute l'Allemagne grondant en rongeant son frein,
mais *unie*... contre la France.

II.

Comment ne voit-on pas dans le jeu du *prince* Bismarck?
Il joue cartes sur table ! — Mais ce sont des fils de singes,
aux petits yeux ronds, ne voyant pas au-delà de la surface
des choses, qui le regardent jouer. Ils voient les cartes,
les figures, les couleurs, les points : ils ne comprennent
pas le jeu.

Pour le moment, le *prince* Bismarck fait la guerre au
Pape et à l'Eglise. — Pourquoi?

Que lui a fait le Pape, et quel ombrage peut-il lui porter? le Pape, vraiment bien cloîtré dans le jardin du Vatican, qu'entoure une première haie de populace criant :
Mort aux prêtres ! et un second cordon de sûreté, formé
par les soldats *obéissants* de la nouvelle vassale du saint
Empire prussien.

Le prince Bismarck est-il devenu homme à caprices? Et
les *vieux* sont-ils devenus sa coqueluche?

(1) Vie de Blanche de Castille, mère de Saint Louis, par M. DAURIGNAC,
1861. *Paris*, Ambroise Bray.

Ou bien s'est-il fait croyant et dévot par amour pour feu Luther et la défunte foi protestante, ou feu les quatre articles de Louis XIV ?

Quel esprit tant soit peu sain s'arrêterait à l'un ou l'autre de ces contes plus fantastiques que ceux d'Hoffmann ?

Le prince Bismarck a-t-il quelque raison de redouter l'Eglise et le Pape, à cause des nations latines et autres, encore soumises à la houlette de Saint Pierre ?

Mais l'Espagne n'est-elle pas assez déchirée, gâtée et sanglante, et l'Italie assez *une?* La France n'est-elle pas assez voltairienne, révolutionnaire et communarde? Manque-t-il quelque chose au germanisme de l'Autriche ? et l'heure et le moment de la dislocation ne sont-ils pas dans la volonté du Prussien, sauf le froncement de sourcils du Jupiter Russe?

L'Eglise et le Pape peuvent-ils quelque chose sur la situation politique, intérieure ou extérieure, de ces ombres de nations encore nommées catholiques, et qui entretiennent toutes des ambassadeurs, à titre de confirmation du fait accompli, auprès de l'Excommunié de Savoie, feudataire du roi Guillaume ?

D'où vient donc cette guerre étrange, déclarée par le *prince* Bismarck au Pape et à l'Eglise? D'où lui est venue cette idée de chasser de la *grande* Allemagne deux cents petits Jésuites, et quelques centaines de maîtres et maîtresses d'école vêtus d'un costume religieux, sachant qu'il froisse ainsi bien des cœurs parmi ses nouveaux vassaux ?

Enfin le prince aurait-il ses *nerfs?*

Tout homme de sens, le dernier traité de Versailles à la main, est forcé de reconnaître que le prince Bismarck n'est ni fou, ni imbécille, et qu'il tient toujours la tête de l'armée de ceux que l'Evangile désigne par ces mots : *Les habiles de ce siècle.*

Alors, il ne fait pas la guerre sans motif et sans but.

S'il fait la guerre à l'Eglise, c'est qu'il la croit encore redoutable pour lui.

Et comme elle ne l'est ni par la force matérielle, ni par le succès diplomatique, ni par l'ascendant politique, ni par la docilité des gouvernements et des peuples encore sous la houlette de Saint-Pierre,

Il faut chercher ailleurs la raison de la peur que l'Eglise inspire au prince Bismarck, et le motif de la guerre qu'il lui fait.

Puisque le Pape et l'Eglise n'ont pas aujourd'hui plus de pouvoir extérieur qu'ils n'en avaient aux premiers siècles du Christianisme, il faut que le César allemand redoute aujourd'hui en eux la même chose que redoutaient les Césars romains, une chose qu'ils avaient alors et qui doit leur rester : la seule qui leur reste en effet puisque tout le reste a disparu : la Doctrine, la Doctrine de la Justice !

Les peuples de l'Europe sont pervertis par des erreurs aussi nombreuses et funestes que celles du monde païen aux premiers siècles de l'ère chrétienne. Pierre de Russie disait : *L'Europe entre en seconde enfance*. Elle y est pleinement aujourd'hui. Mais l'Eglise est toujours dépositaire d'une doctrine parfaite dans ses vieux livres. Il en reste quelques étincelles dans les esprits obscurcis par les vapeurs sorties de l'abîme moderne. Ces étincelles, les Religieux et les Religieuses peuvent les ranimer par l'enseignement : voilà pourquoi ils sont chassés. Le dépositaire vivant de cette doctrine est le Pape, et la parole de Saint Pierre *ad vincula* n'est pas enchaînée. Tous les jours, le Pape répète à ceux de ses enfants qui viennent le visiter dans son cloître du Vatican, la parole de Justice. Il y a quelques jours, Sa Sainteté leur disait : « J'ai perdu mon trône parce que je n'ai pas voulu faire la guerre à un moment donné. Je ne l'ai pas voulu, parce que je ne le pouvais pas ; et je ne le pouvais pas, dans cette occurrence, parce que j'aurais agi contre la religion, *contre ma conscience, contre la justice*, et contre la charité. »

Voilà ce qui fait peur au prince Bismarck. Voilà en quoi quelques centaines de religieux et de religieuses sans armes, et un Pape de quatre-vingts ans, opprimé, dépouillé, et sans aucune force mondaine, lui sont redoutables. Mettons-nous à la place du prince Bismarck, nous comprendrons sa peur, et nous sentirons qu'il devait faire encore cette guerre. Il a peur que la parole de Justice n'ait de l'écho dans l'âme des fidèles, et qu'ils ne voient ! Car le jour où ils verraient, c'en serait fait. « Le masque tombe, l'homme reste, et le héros s'évanouit. »

Oui, voilà l'unique motif pour lequel le prince Bismarck fait la guerre au Pape et à l'Eglise. Et je dis l'*unique* motif, car ce motif existe ; et si quelqu'un en connaît un autre, qu'il le dise !

Donc, quel crime ! et pis que cela, dirait Talleyrand, quelle *faute* monstrueuse commettent ceux qui soufflent le feu des haines et des vengeances nationales ! Comment être assez aveugles pour ne voir pas que c'est faire le jeu de la Prusse et de la Russie ? Par la haine, qui est la passion la plus forte, les peuples et les individus deviennent sourds à la vérité, et à la justice, qui seule peut les sauver. Comment, si nous professons la haine contre eux, les Bavarois, les Rhénans, les Hanovriens, les Saxons, les Sleswigeois pourront-ils entendre avec nous la parole de Justice, eux qui pourtant s'aperçoivent que leurs bras, mutilés pour la Prusse, portent les chaînes de la Prusse ? Ecoutez le tentateur dire à tous les germains : Regardez le fruit, comme il est beau ! Regardez ces tas de boue, de sang et de hontes qu'on appelle France, Italie, Espagne. Entendez surtout le cri de haine que cette France avilie pousse contre vous; vous, le peuple fort, le peuple de l'avenir. Laissez-moi faire la guerre à l'Eglise : c'est elle qui a fait cela, et qui le ferait chez nous.

Il ment, et cache sa peur sous son mensonge. Ce qu'il redoute, ce n'est pas que le Pape prononce en dernier ressort, comme il a toujours fait d'ailleurs, sur les controverses en matière de dogmes surnaturels et révélés, de Sacrements et de rites sacrés, et gâte ainsi l'Allemagne. Le prince Bismarck ne pousse pas la pruderie jusque-là. Ce qu'il redoute, c'est la Doctrine de Justice, en matière de gouvernement et de relation de peuple à peuple. Ce qu'il redoute, c'est de voir cette doctrine de Justice, comprise, propagée par un petit nombre de fidèles, — et il en reste assez pour fournir des apôtres et des martyrs, — se répandre parmi les honnêtes gens, parcourir les diverses contrées européennes comme le feu un champ de roseaux, et devenir le salut de l'Europe, en même temps que la ruine de ceux qui la pervertissent et l'écrasent (1).

(1) Fulgebunt justi, et tanquam scintillæ in arundineto discurrent ; judicabunt nationes et regnabit Dominus illorum (Sap. 3).

III.

Mgr Ketteler, M. de Bismarck et la correspondance de Genève.

Mgr Ketteler, évêque de Mayence, a publié l'an dernier, un écrit dont le but visible est de démontrer à M. de Bismarck et à son parti que les gouvernements n'ont rien à craindre de l'Eglise après le Concile du Vatican (1), et qu'il n'y a pas lieu à faire la guerre au Pape, ni aux ordres religieux, ou aux autres institutions catholiques.

La thèse de Mgr Ketteler est bien soutenue, et il sait démontrer. Mais il a échoué auprès de M. de Bismarck. M. de Bismark a continué d'avoir peur ; malgré l'écrit de Mgr Ketteler, il a cru, et il a dit, que l'Eglise et le Pape sont pour lui l'ennemi redoutable ; et il a entrepris et pousse la guerre à outrance.

Comment cela se fait-il, si Mgr Ketteler est, dans son livre, comme toujours, un évêque digne, un homme poli et un logicien sans reproche, et si, d'autre part, comme personne n'en doute, M. de Bismarck est un homme intelligent ?

La raison de cet échec de l'Évêque de Mayence est que, dans son écrit, lorsqu'il démontre que l'Etat n'a rien à craindre de l'Eglise ni du Pape, il sous-entend qu'il parle d'un Etat honnête, admettant la Loi naturelle et la Justice. Mais il ne le sous-entend pas assez ; et l'eût-il sous-entendu davantage, que M. de Bismarck, homme intelligent, aurait compris.

Nous allons mettre sous les yeux des lecteurs quelques passages de l'écrit de Mgr Ketteler. Ils y verront, en même temps que la preuve de ce que nous disons dans cette *Troisième question capitale*, la confirmation de la doctrine exposée dans la première, sur la « Vraie obéissance. » — Ce sont, du reste, les seuls passages dans lesquels l'Evêque de Mayence sous-entend le moins, et s'exprime avec d'autant plus de bonne foi.

(1) De L'Infaillibilité doctrinale du Pape, d'après la définition du Concile du Vatican, par Monseigneur Guillaume-Emmanuel, baron de Ketteler, évêque de Mayence. Traduction autorisée, accompagnée de notes. *Nancy*, Thomas et Pierron, 1872.

« A ceux, dit-il, qui voudraient pousser la défiance contre l'Eglise et le Pape jusqu'à ses dernières limites, nous ferons encore observer que la *situation actuelle du monde, et les dispositions de tous les peuples catholiques*, rendent *absolument impossible* tout empiètement sur le terrain politique. Dans toutes les contrées de la terre, l'organisation civile est de telle nature, que pour empiéter sur le pouvoir politique, par suite de la définition de l'infaillibilité doctrinale, il faudrait supposer au Pape la volonté et la puissance de renverser de fond en comble tout l'ordre politique dans le monde. En vérité, la *crainte* d'un danger pareil ne peut naître que dans l'esprit d'un enfant, et non d'un homme raisonnable (1). »

On voit ici d'une part que Mgr Ketteler apprécie entièrement comme nous l'avons fait nous-même, la situation de l'Eglise et du Pape au point de vue politique ; de l'autre, que M. de Bismarck, qui n'est pourtant point « un enfant, » mais très-certainement « un homme qui raisonne, » n'a pas été touché de cet exposé.

Mgr Ketteler en a donné la raison trois lignes plus bas, avec d'autant plus de bonne foi, qu'il paraît ne pas douter de la non-valeur de l'objection qu'il se pose, et dont il donne la solution en honnête homme.

« Prétendrait-on, continue-t-il, que l'Eglise empiète sur les Droits de l'Etat, lorsqu'elle défend sa propre indépendance, et qu'elle repousse absolument cette maxime générale, que la volonté de l'Etat, exprimée par la bouche d'un autocrate ou par celle d'une majorité parlementaire, devient l'*unique source du Droit,* et qu'en regard de cette volonté absolue, il n'y a plus ni Loi naturelle, ni Droit traditionnel, ni Droit contractuel, ni Loi divine ? — Alors, sans doute, l'Eglise serait coupable de rébellion, comme son divin Fondateur lui-même, comme les Apôtres qui disaient : « il faut obéir à Dieu plutôt qu'aux hommes. » Mais, avec l'Eglise, serait coupable aussi tout chrétien, *et même tout homme* qui croit en Dieu et à l'existence d'une vérité et d'une justice indépendantes du caprice privé, et qui préfère endurer tous les maux que de parler et d'agir contre sa conscience. (2) »

Nous sommes bien heureux de voir dans ce dernier passage, le résumé si complet et si clair de la doctrine que nous avons exposée sur la vraie obéissance ; parce

(1) Page 102-103 de la traduction.
(2) *Ibid.* page 105.

qu'il en résultera pour le lecteur une conviction plus entière, à la lecture de ces claires et énergiques paroles d'un évêque aussi autorisé que l'est Mgr l'Archevêque de Mayence ; et nous remercions de grand cœur la personne qui nous a envoyé son livre, après que ce travail était rédigé.

On voit de plus, dans ce passage, la raison pour laquelle M. de Bismarck, sans être un enfant, et parce qu'il est un homme qui raisonne, fait la guerre à l'Eglise et au Pape, auteur du *Syllabus*, qui renferme précisément la condamnation de la doctrine que repoussera toujours avec horreur, selon Mgr Ketteler, non-seulement tout chrétien, mais *tout homme* encore honnête.

Un peu plus loin, du reste, Mgr Ketteler désigne ses adversaires par ces mots : « Un parti vivant d'injustice et de mensonge. (1) »

Cette dernière appréciation de Mgr Ketteler aurait pu lui faire pressentir l'inutilité de sa tentative et de son écrit, et dissiper par avance *les illusions naguères si grandes du parti catholique en Allemagne,* ainsi que s'exprime son traducteur français dans une note sur cet endroit même (2).

Donc plus d'illusions ! Abjurons à la fois et les illusions et les haines nationales. Catholiques, chrétiens, ou simplement *hommes* d'Allemagne, de France, d'Italie, d'Espagne, d'Autriche et d'ailleurs, liguons-nous pacifiquement, mais étroitement, pour demander partout l'abolition de la Diplomatie noire, l'institution de Tribunaux indépendants et responsables pour juger des cas de guerre, répandons partout la nécessité du Décalogue appliqué aux nations, la Doctrine du Droit des Gens. Hors de là, pas de salut. Nous serons de nouveau lancés les uns contre les autres, et broyés pour le bon plaisir et les caprices sanglants des puissants du Nord, qui ont peur de la Loi naturelle et divine, et qui méprisent tout Droit et toute Justice.

Quant à M. de Bismarck, par la guerre qu'il a entreprise et qu'il poursuit contre l'Eglise et le Pape, il est devenu un apologiste de premier ordre, et il démontre la

---

(1) *Ibid.* page 104.
(2) Ces espérances ont été déçues. La voix de soixante députés au Reichstag a été étouffée... M. de Bismarck a donné la main aux ministres de la catholique Bavière, pour ouvrir la persécution contre l'Eglise. (Et depuis ! !). Il n'en fallait pas moins pour dissiper les illusions naguères si grandes, etc., *ibid.,* page 104. NOTE DU TRADUCTEUR.

divinité de la Société catholique. En effet, ce politique, ce diplomate plein d'intelligence fait à l'heure présente, une guerre terrible, une guerre à mort à l'Eglise et au Pape, sans motifs apparents, sans motifs humainement plausibles. — Ceux qui suivent avec quelque attention la marche des affaires ont pu remarquer un fait curieux. Les hommes considérables qui rédigent ou inspirent « la Correspondance de Rome, » imprimée à Genève, voulant, par un calcul humain, éviter la persécution à l'Allemagne catholique, ont fait, dans un moment donné, certaines avances au potentat heureux, vainqueur de la France. Eh bien ! c'est ce moment même que cet ennemi de la Justice, et par conséquent du Divin, a choisi pour proclamer qu'il lui restait un ennemi, l'Eglise ! Comme s'il leur eût dit : « Je sens mieux que vous ce qu'il y a de divin chez vous. »

FIN.

TABLE

MONTMÉDY

IMPRIMERIE DE PH. PERROT-CAUMONT.

DEUX EXPLICATIONS.

A la page 32, il est dit que lors de l'avènement du prince Czartoriski, en 1832, un grand nombre de dépêches réservées furent trouvées à Varsovie. — Le prince Czartoriski était alors le chef du mouvement polonais qui força le grand-duc Constantin à fuir. Dans la fuite, ses bagages tombèrent entre les mains des Polonais, et notamment ces précieuses dépêches, que le cabinet de Saint-Pétersbourg envoyait au grand-duc en copies, en y joignant de temps en temps des dépêches explicatives pour le grand-duc lui-même. C'est ainsi que ces importants documents furent connus, et que M. David Urquhart put les faire paraître dans le *Portfolio*, d'abord, puis dans la *Revue Diplomatique*. C'est là que M. le baron de Prokesch a trouvé une partie des dépêches *réservées* qui forment la base de son grand ouvrage intitulé : *Geschichte des Abfalls der Griechen vom Türkischen Reiche im Jahre* 1821 *und der Gründung des Hellenischen Kœnigreiches. Aus diplomatischen Standpuncte.* — WIEN, 1867. (4 vol. grand in-8°).

A la page 41, nous parlons d'un concile d'évêques orientaux qui traitèrent la question du Droit des Gens en matière de guerre.

Ce fut le Synode patriarchal des Arméniens catholiques, présidé par S. S. le Patriarche Monseigneur Hassoun, aujourd'hui persécuté. La question y fut traitée selon le mode antique ; c'est-à-dire que le Concile Arménien fit un exposé des chapitres doctrinaux sur la matière, et émit un vœu synodal, soumettant le tout au Pape et au Concile général qui allait s'assembler sous son autorité. — Ce document précieux a été inséré dans notre livre intitulé : « *L'armée de Mac-Mahon.* » Lorsque nous l'y avons inséré, nous ignorions qu'il fût extrait des *Actes* du Concile Arménien. Nous le mentionnons ici pour ceux qui l'ont lu dans ce livre. Pour ceux qui ne l'auraient pas lu, nous donnons ici la traduction d'un document conciliaire plus court, et qui résume celui dont nous parlons.

C'est un *Postulatum* du même Patriarche et des Evêques Arméniens pour saisir le Concile du Vatican de cette grave question.

En voici la traduction :

1. La condition du monde est devenue insupportable à cause des armées énormes, permanentes, et levées par la conscription. Les dépenses qu'elles nécessitent écrasent les peuples. L'esprit d'infidélité et l'oubli des lois dans les affaires internationales donnent toute facilité à l'ouverture d'hostilités et de guerres injustes et informes (*manquant des formalités judiciaires*), c'est-à-dire au meurtre sur

une échelle colossale. Par là, les ressources des pauvres sont diminuées ; le commerce paralysé ; les consciences des hommes entièrement égarées ou outragées ; des âmes se perdent chaque jour.

2. L'Eglise seule peut remédier à ces maux. Lors même que sa voix ne serait pas obéie de tous, elle sera toujours un guide pour des millions d'hommes, et tôt ou tard elle produira son effet. Enfin, l'affirmation des principes éternels est toujours en elle-même un hommage à Dieu, et ne peut pas rester sans fruit.

3. Des hommes graves et versés dans les affaires voient la situation du monde et de l'Eglise par rapport à ces vérités de la même manière que beaucoup d'hommes pieux et dévoués à la Religion. Ils sont persuadés de la nécessité d'une Déclaration de cette partie du Droit canon qui touche au Droit des Gens, à la nature de la guerre, et à tout ce qui la rend ou un devoir ou un crime.

Par cette restauration de la conscience des hommes, les dangers qui les menacent seront écartés : ce qui est impossible par la prudence mondaine et les calculs politiques.

Ce moment qui nous est accordé pour l'action peut être de courte durée. S'il n'est pas mis à profit, la responsabilité pèsera sur l'Eglise, pour n'avoir pas profité de l'occasion qui lui est offerte par la Providence.

Rome, le 20 décembre 1869.

Cette pièce remarquable, signée d'abord de S. S. Monseigneur Hassoun et des dix Evêques ses suffragants, reçut ensuite la signature et l'adhésion de presque tous les Evêques d'Occident. Deux prélats seulement du Patriarchat d'Occident y faisaient une opposition ostensible : Monseigneur Dupanloup et Monseigneur Strossmayer. Ce fait est public aujourd'hui. La *Revue Diplomatique*, entr'autres, l'a mentionné plusieurs fois, et encore dans son numéro de juin 1872. L'*Univers* avait donné, en janvier 1870, une traduction de ce *Postulatum* (1).

Ceux qui sont au courant des affaires, comprennent l'acharnement avec lequel la Russie a cherché à créer un schisme parmi les Arméniens, et déplorent en même temps l'aveuglement des diplomates des autres nations qui ont secondé d'abord, puis laissé aboutir cette entreprise de l'ennemi commun.

---

(1) Je suis possesseur de la pièce originale, c'est-à-dire de celle qui fut écrite la première, en langue arménienne, et est revêtue des signatures du Patriarche et des dix Evêques Arméniens.

Le Rapport sur la Pétition ou Adresse à l'Assemblée nationale, demandant « un Tribunal pour juger des causes de guerre » n'a pas encore été présenté à l'Assemblée. C'est pourquoi il est encore temps de signer cette Adresse. Les personnes qui auraient cette intention sont priées d'envoyer leur adhésion à M. l'Abbé DEFOURNY, à Beaumont-en-Argonne (Ardennes), lequel est chargé de concentrer les signatures et adhésions.

L'ARMÉE DE MAC-MAHON

ET LA

BATAILLE DE BEAUMONT-EN-ARGONNE

—

… ation

2me Édition, revue et … justificatives, Documents inédits et Dépêches secr…

Avec deux cartes, 3 fr., par la …
Sans cartes … 1 fr. 75, par la …

PARIS

Alb. LARCHER, rue Bonaparte, 57

et chez l'Auteur, à Beaumont-en-Argonne (Ardennes).